風雲時代

+HOSPITAL
醫控天下
之2
美女名醫
趙奪 著

目錄

CONTENTS

第一劑　挑戰上帝的手術……5
第二劑　御醫傳人……39
第三劑　消逝的生命……65
第四劑　紅包陷害事件……85
第五劑　醜聞的逆轉……107
第六劑　偷天換日的肝臟移植術……137
第七劑　外科醫師最大的悲哀……167
第八劑　工程電鑽開顱術……193
第九劑　抗癌藥物……233
第十劑　手術室內的戰爭……277

第一劑

挑戰上帝的手術

「他要做什麼，難道真的準備就這樣開刀，太胡鬧了吧。」一位不知名的醫生失聲道。

「病人還醒著，難道就這樣開刀……」

在爭論聲中，主刀的多多切開了患者頭皮，作為助手的趙燁用吸引器將血液吸乾淨，混雜著血液的白色顱骨暴露出來，觸目驚心。

被切開頭部的患者面帶微笑地看著周圍的一切，沒有絲毫疼痛的感覺。

手術室觀摩台上很多醫生抑制不住內心的激動，紛紛站立起來，沒有人再敢輕視手術台上這兩名新人。

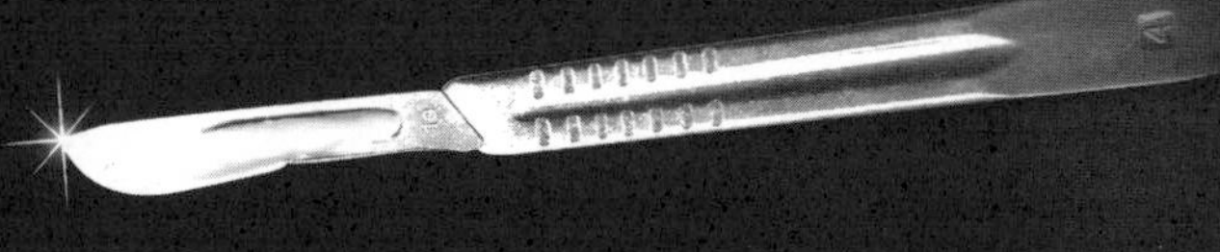

挑戰上帝需要勇氣，更需要高超的技術，手術不是兒戲，那是關乎患者性命的，同時也是關乎醫生的職業生涯。

腦幹的血管母細胞瘤，對於趙燁來說是前所未有的機遇，同時也是巨大的挑戰。這是一台不成功便成仁的手術。

人生中總是充滿了挑戰，一個接著一個，也只有勇敢的面對挑戰，跨越一個又一個的困難，才能真正的站上巔峰。

趙燁將手術中所有的細節都講給患者聽，雖然病人並不是很明白，但他卻感受到了趙燁的真誠，最後他同意了手術，因爲他也需要賭一次，儘管這可能是他人生中最後一次賭博。

新秀醫生們的注意力都集中在了王超的那個臂叢神經腫瘤的患者上，他們以爲這就是最好的病例，以至於沒人發現趙燁他們這個更好的病人。

簽訂了同意手術的文件之後，即使他們找到了這個病人也沒有辦法了。首先這手術很難，其次是這患者只同意趙燁給他做手術。

因爲趙燁給出的條件是最好的，他能保證即使手術不成功，患者依然可以清醒，這是其他人做不到的。

從協和醫院出來的時候已暮色朦朧，夜色中的城市彷彿是另一個世界，精彩的夜生活註定不屬於趙燁這類人，一整天的忙碌讓趙燁累得快要虛脫了，當然收獲也是巨大的，他跟多多兩人在競爭最佳新秀醫生的道路上更進了一步。

「我要回去了，這個手術太難了，我要請我的老師指導一下。」多多歪著腦袋說。趙燁笑著點了點頭，然後與多多約定了再次見面的時間便分開了。

多多對這次手術很在意，畢竟手術難度很高，不容許出現一丁點差錯。同緊張的多多相比，趙燁總是一副玩世不恭的樣子，他似乎很自信，似乎一切盡在掌握的樣子。

離開協和醫院後，趙燁沒在其他地方過多停留，而是直接趕回了所在的酒店。掏出鑰匙打開房門，然後一臉驚愕地站在門口。

趙依依纖細的手指托著半滿的高腳酒杯，身上那薄薄的睡衣擋不住誘人的身材，特別是那V形的領口下若隱若現的雙峰，她慵懶地靠在沙發椅上，用餘光打量著剛剛回來的趙燁，緩緩開口問道：「哦，怎麼才回來，外面好玩麼，是不是那公開手術讓你信心全無。」

「姐姐，你走錯房間了吧，這好像是我的房間。」趙燁仔細確認後，無奈地說道。

「哦，你大清早就跑出去，把我一個人丟在家裏，難道不知道人家很無聊。」趙依依話語中充滿了幽怨，那柔柔的樣子讓人忍不住想要疼愛一番。

趙燁眯著眼睛笑了笑，然後露出一副兇惡的樣子道：「姐姐，你再誘惑我，我可不客氣了。」

趙依依撇了撇嘴，挺起那傲人的雙峰不屑地道：「來啊，我看你能把我怎麼樣。」

面對趙依依若隱若現的誘人曲線，趙燁有種慾火焚身的感覺，說到底他也是個男人，還是個未經人事的處男。面對著趙依依赤裸裸的誘惑，他強行壓住慾火，現在不是做那種事情的時候。他舉手投降道：「姐姐，我錯了，我服了。你快回去吧，我這裏的東西，你想要的都拿走，不要再折磨我了。」

趙依依露出得意的笑容，輕輕地對趙燁說道：「哎，其實今天總是有人騷擾我，我的房間沒法待了，所以來你這裏躲躲。哎，你去哪兒了？」趙依依話沒說完，發現趙燁要離開，於是問道。

「你跑到我這裏來騷擾我，我當然也要出去躲一下，萬一我真的變成禽獸，姐姐你可就再也笑不出來了。」

「哼，有膽子你現在就變啊，如果不變你就是禽獸不如。」趙依依毫不畏懼。

此時的趙燁沒有心情跟她鬥嘴，更沒有心情做其他事情，因爲那台挑戰上帝的手術，趙燁需要練習，需要大量的練習來準備手術。

「我去樓頂吹吹風。」趙燁並不理會趙依依的挑逗，隨便拿了件外套就出去了。

當房門砰的一聲關上的時候，趙依依才回過神來，她不知道趙燁今天怎麼變得這麼無趣，平時自己誘惑他一下，趙燁怎麼也要反擊的，可今天他似乎沒有心情。

「難道他失戀了，不對，他還沒戀人。難道今天那台公開手術對他打擊太大了？」趙依依胡思亂想著，最後她甚至以為趙燁今天是不是跟女孩子一樣，每個月總有那麼幾天不順心……

正在胡思亂想的時候，趙依依聽到敲門聲，通過貓眼，趙依依看到一個不認識的女孩子，一個頂著一頭亂糟糟的頭髮，戴著與秀氣的臉龐不相符的黑框眼鏡的女孩。

「你找誰啊？」趙依依開門問道。

敲門的女孩正是多多，當她見到趙依依美麗的面孔時，瞬間忘了要說的話，她怎麼也想不到，趙燁的房間裏竟然住著這樣一個美女。

「我……我……我找趙燁。」

「進來坐坐，你是周諾的研究生吧，我跟你的老師很熟悉哦。」趙依依熱情地招呼多多，可多多卻一點進去的意思都沒有。

「不了，我去找趙燁，我要跟他談談關於手術的事情。」

「手術？」

「是啊，他說幫我爭奪最佳新秀醫生。他在協和醫院找到一個病人，可我有點不放心，那手術太難了，我來找他商量一下。」多多一邊折著衣角一邊說道。

趙依依瞬間就明白了，趙燁這小子絕對不會那麼好心幫人爭奪最佳新秀醫生，肯定是他自己想要手術卻礙於實習醫生的身分，所以拉上這個能夠獨立手術的研究生。如同前些天拉上趙依依進手術室一樣。

「什麼手術？」

「腦幹血管母細胞瘤。」

「腦幹血管母細胞瘤？」趙依依以為自己聽錯了，於是又重複了一般，待多多點頭，她才明白，為什麼趙燁今天如此反常。

雖然不是神經外科的專家，但身處急救科的趙依依熟悉所有項目的手術，腦幹血管母細胞瘤的難度她清楚得很，這樣難度的手術，即使是她也沒有把握。

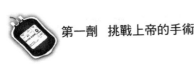

趙依依來不及多問，立刻跑回自己的房間穿好衣服，拉著多多說：「走，我們一起去找他。」

此刻趙依依除了驚歎，更多的是擔憂，趙燁不過是一個實習醫生，雖然他很厲害，但趙依依卻不認為他能厲害到做腦幹血管母細胞瘤這類手術。她覺得自己必須瞭解情況，不能讓趙燁的錦繡前程被最佳新秀醫生這樣的虛名所拖累。

「腦幹血管母細胞瘤這樣的手術，你做過麼？」趙依依突然對多多說。

「曾經做過一次，那次我是助手，那個病人要比這個複雜。可我還是沒什麼信心，所以我來找趙燁……」

多多不夠自信的原因是手術太困難了，並不是她實力不夠，實際上這個患者腫瘤的位置很利於手術，相比其他腦幹手術要簡單很多。這就像考試，越是學習好的人越會擔心。

兩個人找遍了趙燁能去的地方，卻連個人影都沒見到，趙依依垂頭喪氣，心中將趙燁這個亂跑的小傢伙罵了無數遍。

「他走的時候沒說去哪裏麼？」多多推了推那個不合適的黑框眼鏡說。

「對了，他說去樓頂吹吹風，但樓頂應該上不去啊……那門一般都是鎖著的。」趙依依突然想起趙燁臨走時的話。

當兩個人走到賓館樓頂的時候，發現那鐵門竟然沒有鎖，確切地說，是那鎖被撬開丟在了一邊。蕭瑟的秋風此刻更加寒冷，她們不由自主地打著寒戰。趙依依雙手抱在胸前，試圖將僅有的溫暖留下。

「這樣冷的天，趙燁根本不可能在這裏。」趙依依想，多多有些怕黑，更加怕冷，她躲在趙依依身後，小心翼翼地跟在後面。她們倆已經想放棄尋找趙燁了，但當她們繞過水泥牆的時候，卻在黑暗中看到了熟悉的身影。

黑暗中趙燁的面孔冷峻而嚴肅，往日嬉笑的樣子不見了。遠遠望去，站在高處的趙燁猶如一尊雕像，只有外衣隨著秋風舞動。

多多想要喊趙燁，卻被趙依依拉住了，她輕輕地在多多耳邊道：「不要打擾他，我們回去吧！」

「爲什麼？」多多有些不解，然而看到趙依依不容置疑的樣子，也沒再多問。

趙依依拉著多多離開了，在走下頂樓的那一刻，她又回頭看了一眼趙燁。趙依依知道趙燁是在模擬手術，用腦海中的知識幻想著模擬一台手術。

很多年以前，她曾見過這樣的醫生。

她從來沒想到，往日裏玩世不恭，嬉皮笑臉的趙燁會如此認真，那冷峻的臉龐，迎著秋風巋然不動的身影，讓他彷彿變成了另一個人。

趙依依心中陡然升起一種感覺，「也許這才是真正的趙燁」。

寂靜的黑暗中，趙燁巋然不動地矗立在秋風中，石化了一般，對周圍的情況不聞不問，仔細觀察後，你會發現他的手在動。

那是很細微很精密的動作，那是顯微鏡下手術才有的精細……

所謂的名譽、聲望、勝負等等，在生命面前都微不足道，趙燁最關心的還是手術的本身，他比任何人都在意手術的成敗。

在腦海中模擬手術的趙燁已經完成了無數次，想到了所有可能發生的情況，然而這還不夠，他一般又一遍地練習著，他要求的是盡善盡美。

黑暗中的雕像歷經秋風雕琢，每一分每一秒都在趨於完美。而進行著模擬手術的趙燁，每一次都在傾盡全力，每一次都在進步。

趙依依覺得多多就是十年前的自己，帶著厚重的黑框眼鏡，天真、勤奮、聰明且富有活力。她摸著多多的頭，耐心地告訴她說：「不用擔心趙燁，你可以回去準備了。另外你們這個手術也不用擔心，我相信趙燁他已經準備好了。」

多多的驚慌源於不夠自信，隨著時間的推移，她已經比剛才好了很多，在趙依依的勸說下回到了自己的住處。

趙依依纖細的玉指提著高腳酒杯，她喜歡紅酒，特別是寂寞時獨飲。她在默默地等待趙燁歸來。

從開始認識趙燁，她就覺得自己看不透趙燁，現在她發現自己的確低估了這個實習醫生。

從第一次的冷靜急救，到接下來大膽地在門診給人縫合腦袋，然後是脊柱占位性病變的切除術中讓人驚歎的天馬行空創意。

每次趙燁都能給她帶來巨大的驚喜，每次他都能有驚無險地闖過難關。這次趙依依雖然擔心，因爲趙燁竟然要挑戰腦幹血管母細胞瘤這樣高難度的手術。

如果是以前，趙依依可能會去阻止趙燁，然而現在的趙依依卻選擇相信趙燁能再一次創造奇蹟。

玩世不恭是趙燁給所有人的印象，可他在手術上卻絕對小心謹慎，甚至有時候細心得讓趙依依都十分佩服。

趙依依害怕趙燁急功近利，迷失在這次爭奪中，然而當她看到趙燁在黑暗中的身影時，終於完全放下心來。

趙燁是在努力實現自己的願望，並對自己進行著嚴苛的訓練，那種訓練趙依依曾經見過，很久以前有位很出名的外科醫生對此很是推崇，那是一種自我要求近乎苛刻的訓練，是一種追求完美的訓練。

趙依依也曾經試著進行這種訓練，可她每次都只能完成一半，因爲在腦海中模擬一台手術實在太難了，在頭腦中構架出複雜的人體結構，再進行如此精密的手術操作，對趙依依來說簡直是不可能的任務。

甚至有一段時間，她覺得這種模擬根本是一種騙人的把戲，一直到後來，她才承認這種訓練的確存在，並且非常有效。

寂靜的夜傳來了十二聲鐘響，趙依依仍在等待趙煒歸來，然而似乎夜太漫長，又或者是她太過倦怠，不知不覺中靠在沙發上進入了夢鄉。

醒來的時候已經是第二天早上了，趙依依的身上蓋著毛毯，顯然昨天夜裏趙煒回來過，可現在又看不到趙煒的身影了。

「難道他不覺得累麼。」趙依依自言自語道。她知道趙煒已經有了自己的計畫，她也不再擔心這事了。這次醫學研討會她自己也要取得成績，拿到足夠的砝碼回去競爭長天大學附屬醫院的院長。

趙煒的確不覺得累，在無比的工作熱情中，所有的疲勞都隱遁無形。昨天夜裏，趙煒將手術模擬了無數遍，今天他開始了實際操作演練，在動物以及人體標本上進行模擬。

只有不眠不休的練習才能讓趙燁的心平靜下來，否則他總是不能安心。此刻距離手術還有二十個小時。

二十個小時過得很快，特別是對於在手術台上進行模擬訓練的趙燁，根本沒有什麼時間觀念。當他將最後一隻動物從手術台上放下來的時候，他才發現手術的時間要到了。

匆匆忙忙的趙燁甚至來不及整理那亂糟糟的頭髮，就奔向協和醫院。在他匆匆離開的身影背後，一隻脖子上還帶著縫合線的兔子跳下了手術台……

今天協和醫院同時舉辦了多台觀摩教學手術，協和醫院的手術被安排得滿滿當當。第一台觀摩手術寫著主刀醫生錢多多、第一助手趙燁。

如果協和醫院手術公告板上僅寫著這樣兩個陌生名字，或許沒有人會注意，但在這兩個名字後面加上「腦幹血管母細胞瘤摘除術」這幾個字，那這就是重磅炸彈了。

完全由年輕醫生主刀的高難度手術吸引了所有人的目光，人們駐足在公告板前討論著這兩個陌生的名字以及這台超高難度的手術。

「完全沒聽說過這兩個人啊。」

「這樣的手術竟然由新人來做，現在的年輕醫生實力真是太可怕了。」

「這病人也真大膽，他竟然將性命委託給這樣的年輕醫生。」

「去看看不就知道了。」

「說得對，管他是什麼醫生，反正今天有熱鬧看了。」

趙燁的手術完全掩蓋了其他人的光芒，甚至沒人注意到公告板上其他的手術，很多年輕醫生以為今天自己會大出風頭，但此刻他們才明白，自己不過是配角。

其中王超是這裏最大的配角，此刻他正黑著臉聽著眾位醫生的評論，他辛辛苦苦準備的臂叢神經瘤的手術竟然就這樣輕易地被忽略了。

更鬱悶的是昨天，不知道其他競爭者從哪裏得到了消息，竟然跑來跟他搶病人，為了保住這個病人，他自己掏腰包給那患者墊付了三萬塊錢的手術費，現在錢沒了，一切的努力都沒有用了。

此刻他漸漸明白了，自己所做的一切都在趙燁的掌握之中，臂叢神經瘤的手術根本是人家不想要才丟給他的，那些跟他來搶病人的更是趙燁透露的消息。

此刻他恨透了趙燁，恨透了這個將他玩弄於股掌之上的傢伙。

趙煒的手術被安排在協和醫院一號手術室，那是整個醫院最大的、設備最先進的手術室，整個手術室被巨大的隔音玻璃罩著，在手術室四周是無數前來觀摩的醫生。醫生們擠滿觀摩室，這台手術造成的轟動效應堪比上一台「心臟不停跳的三支冠狀動脈搭橋術」。

觀摩台上不乏眾多名醫，包括王超的老師，大名鼎鼎的神經外科專家黃海濤，中科院院士心胸外科專家宋曉峰等等。

趙依依同這群名醫比起來根本算不上什麼，但她出眾的容貌無論到了哪裏都是最耀眼的一個。

坐在趙依依身邊的是位中年大叔，留著鬍子的臉，以及亂糟糟的頭髮根本不像個醫生，可實際上他的確是個醫生，並且非常有名，他就是多多的老師周諾，被稱爲怪才的名醫。

這群名醫相互之間只點了點頭，然後便注意著手術室的情況，他們都對此非常關心。

曾幾何時，多多最大的夢想就是能夠在老師的注目下做一台完美的手術。在眾位名醫的驚歎聲中拯救一個又一個的生命，如今她有了這樣的機會。

「多多一定要把握這個機會，一定要完成手術。多多不能失敗，多多……趙煒怎麼還不來？」多多推了推鼻樑上厚重的眼鏡自言自語道。

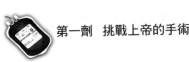

手術馬上開始了，然而名義上的第一助手，實際上手術的主導者趙燁，卻始終不見蹤影。

手術室中的無影燈聚焦在患者的頭部，護士、麻醉師均已準備就緒，然而醫生卻只有一個。

多多躲在手術衣與大口罩下，此刻她心臟狂跳，雙腿發軟。趙燁曾經說過，要在病人清醒的狀態下做手術，手術中需要進行各種各樣的測試。多多知道那一定是在麻醉上做文章，可趙燁並沒有告訴她具體要怎麼做。

如果趙燁不來，那這手術可就成了隆輝醫學研討會上最大的笑話。她知道相信這台手術能夠成功的人並不多，相反抱著冷漠心態在手術室觀摩台上準備看笑話的人大有人在。

「他不會是臨陣脫逃，不敢來了吧！」王超最恨的人就是趙燁，當然不會放棄打擊他的機會。

在王超的帶頭下，很多對這台手術眼紅的人開始了無禮的攻擊。

「很有可能哦，看來所謂的手術不過是個笑話。」

「原來這台手術是吹牛的。」

這台手術是所有觀摩手術中最早進行的，其他的手術都排在後面，所以諸如王超等人可以先看完這台手術，再去進行自己的手術。

然而這樣的嘈雜並沒有持續多久，在所有人都以爲趙燁這個第一助手臨陣脫逃時，手術室的自動門開了。

穿著墨綠色手術衣的趙燁看不出一絲疲憊，雙手高懸胸前，慢慢地走到病人身邊。

儘管看不清他的面孔，但所有人都能感受到趙燁的堅定、自信。

手術室觀摩台上的人終於閉上了嘴巴，只有王超這個對趙燁有著深仇大恨的人還在喋喋不休。

「來了又如何，這手術註定是失敗的。」

對王超的牢騷並沒有多少人理會，因爲所有人都將注意力集中在手術室的趙燁身上。

他們不知道手術室裏發生了什麼，只是看到在第一助手趙燁的授意下，麻醉師只給病人推射了一支針劑。

然後趙燁阻止了那麻醉師進一步麻醉。他不知道從什麼地方掏出一包銀針，指尖帶動銀針旋轉著，緩緩地刺入患者的手臂以及胸口等處。在針灸完畢以後，他們竟然立刻準備開刀，此刻那位患者還清醒著。

「他要做什麼，難道真的準備就這樣開刀?太胡鬧了吧！」一位不知名的醫生失聲道。

「病人還醒著，難道就這樣開刀……」

在爭論聲中，主刀的多多切開了患者頭皮，作爲助手的趙燁用吸引器將血液吸乾淨，混雜著血液的白色顱骨暴露出來，觸目驚心。

被切開頭部的患者面帶微笑地看著周圍的一切，沒有絲毫疼痛的感覺。

手術室觀摩台上很多醫生抑制不住內心的激動，紛紛站立起來，沒有人再敢輕視手術台上這兩名新人。

在手術帽與口罩的遮蓋下，看不清趙燁的表情，唯獨感覺到他眼神裏散發出炙熱的光芒。那是在萬眾矚目下的狂喜與激動，在夢想的手術台上才能表現出的那份自豪與滿足，讓他不知疲倦，讓他的眼神猶如萬丈火焰。

「微泵恒速靜注尼莫地平。」趙燁淡淡地對已經準備進行注射麻醉劑的麻醉師說。

「這不對吧？」麻醉師沒有理會趙燁，繼續準備麻醉。

「微泵恒速靜注尼莫地平。如果你有疑問，可以換其他麻醉師進來。」趙燁的話語不容置疑，或許是趙燁一直未曾休息而佈滿血絲的眼睛太過嚇人。麻醉師看了看趙燁，完全忘記他實習醫生的身分，他放下手中的麻醉劑，換成尼莫地平，一種保護腦血管的藥物。

然後趙燁取出早已經準備好的消毒銀針，指尖帶動銀針旋轉著分別刺入患者的扶突、合谷、神門等穴位。

如果是中醫，會針灸功夫並不稀奇，但趙燁是名外科醫生，擁有這樣熟練的針灸手法實在讓人驚歎。

針灸麻醉幾十年前曾經風行一時，多數人只聽過卻沒真正見過。有人說針灸麻醉不過是騙人的，也有人堅信那神奇的醫術是真實存在的。

耳聽爲虛眼見爲實，當趙燁對這台手術用針灸麻醉的時候，在場的醫生們再次見證了神奇，在開顱手術下用針灸麻醉，即使是很多老醫生都沒見過，特別是在這種超高難度的重大手術中。

當手術刀切開皮膚的時候，人們才真正相信針灸麻醉完全成功了。僅憑針灸麻醉的神奇，諸位觀看的名醫就給予手術台上兩人很高的評價。

其實趙燁的針灸並不是強項，爲了準備這次麻醉，他試驗過上千次，然而他還是不放心，針灸麻醉並不是扎幾個穴位就可以了，要知道每個人的身材不同，穴位的點取也不同，針刺的強度更不同。

麻醉是手術第一步，用手術刀切開頭皮則是手術的二步，接下來的第三步就是打開顱骨，切開顱骨的痛苦遠非切開皮膚可以比擬，這也是進一步檢驗麻醉程度的步驟。

如果說手術是一個技術活，那麼開顱無疑是個力氣活。趙燁的力氣比多多大，所以他此刻變成了主力，用電鑽嗟嗟嗟地在患者頭上打洞，然後用線鋸穿過兩個洞將頭骨鋸開。

普通人無法想像開顱手術中如此暴力的畫面，飛濺的血液、斷裂的骨頭……

手術有條不紊地進行著，趙燁雖然是第一次與多多合作手術，但兩人卻如同老朋友一般合作得親密無間。

手術開始的過程平淡無奇，趙燁並沒有如前幾次手術那般快速。他努力地控制著手術的節奏，調整自己的狀態。

此刻，速度並不重要，相反對手術操作的細節要求非常嚴格，越是進行到後面，越是要求精細。

手術的操作力求穩、準、輕，趙燁雖然是第一助手，然而在手術台上他與主刀醫生多多，在手術上的分工並沒有什麼差別。

手術室觀摩台上雖然擠滿了人，卻都靜悄悄的，甚至沒有人敢大口地喘氣，似乎害怕驚動了術者一般。

手術的操作範圍非常小，甚至精確到了毫米，稍有不準，就可能撕破要縫合的腦血管，傷及主要神經核團和傳導束，如此一來手術就失敗了。

此刻，手術的前期工作已經進行完畢，顱骨已經打開，並且成功分離大腦進入人體最神奇，最複雜的區域——腦幹。

僅僅是手術的開始階段，趙燁跟多多就用了四十多分鐘，所有人都很細心，同時也都很緊張，畢竟這手術是個巨大的挑戰。

同時感到緊張的還有患者，手術開始，趙燁叮囑他不能隨便動，而他卻理解爲一動不動，甚至連呼吸都不自然。

趙燁捏著雙極電凝鑷子夾住了最後的出血點，空氣中傳來淡淡的焦味。趙燁並沒有立刻進行手術的下一步，而是將手中的雙極電凝鑷子放在一旁，雙手懸在胸前。

「別動！」趙燁突然嚴肅地說道，那語氣不容置疑。

誰也沒想到他會突然停止手術，更不知道他說別動是爲了什麼，大家都覺得可能是手術出了問題。

就連多多都不知道手術到底哪裏出了問題，她雖是手術的主刀醫生，但卻不是整個手術的主導者。

手術室原本就緊張的氣氛愈演愈烈，誰都不知道到底發生了什麼事，只能聽從趙燁的命令。

麻醉師盯著監護儀，一切正常，看不出什麼異樣。護士更是愣在那裏，生怕動一下就犯下什麼重大的錯誤。

最害怕的當屬患者，他的心一直懸在空中，此刻那種恐怖的感覺更是擴大到無以復加的地步。

趙燁微笑著湊到多多身邊，多多此刻謹遵趙燁的命令，一動不動。只見趙燁用頭在多多瘦弱的肩膀上蹭了蹭，然後長舒了一口氣：「哎，兩天沒洗頭，腦袋真癢。」

當趙燁這句話說出口的時候，手術室中所有人都想掐死趙燁。不過是腦袋癢而已，讓護士幫忙不就行了，為什麼要弄出這麼恐怖的氣氛。

「你不知道人嚇人嚇死人麼？」多多沒好氣地道。

「就是，你明明知道要進手術室，怎麼不處理好這些小問題，弄得我還以為出了什麼問題，真是可惡。」護士抱怨道。

患者跟麻醉師剛剛要抱怨，趙燁卻先開口說：「對不起，對不起。我先前在為麻醉用的銀針消毒，而且我還準備了增加手術效率的東西，所以耽誤了。」

趙燁說著對巡迴護士使了個眼色，那護士面露難色，卻又不得不聽從趙燁的指揮，因為手術室中主刀醫生負責一切。

趙燁雖然不是名義上的主刀醫生，可誰都看得出來這手術的主導者是他。

巡迴護士並未直接參與手術，他們是手術室與手術室外的連接者。巡迴護士在趙燁不容反對的目光下走到牆角，取出了一盤CD光碟放入播放器，這就是趙燁所說的增加手術效率的東西。

手術室內頓時奏起悠揚華麗的鋼琴曲，隨著鋼琴曲的節奏，趙燁又開始了手術，誰都沒注意到，在厚厚的口罩下他微微翹起的嘴角。

「手術的時候還能聽音樂？」患者驚訝道。

「沒錯，一邊手術一邊跳舞的都有。」趙燁滿不在乎地回答。

其他人默不作聲，算是默認了趙燁的話，但他們都知道趙燁說的手術中跳舞的，恐怕也是他這樣的醫生。

患者當然不知道其中的內情，於是以爲手術室中這樣的情況也很正常。

手術室外觀摩台上的醫生已經開始對趙燁胡鬧的行爲議論紛紛。手術室是神聖的地方，關乎人命的手術不允許出任何差錯，趙燁這樣無厘頭的做法，在他們眼中是不負責的。

然而也有人持相反的意見，其中多多的老師周諾就是其中之一，雖然在觀摩台上聽不到聲音，但他卻對下面發生的事情猜了個大概。

「那個叫趙燁的醫生，真的只是個實習醫生麼？」周諾在觀摩室坐了快一個小時，第一次對身邊的趙依依說話。

趙依依毫不計較周諾無視她的美麗，朱唇輕啓緩緩道：「沒錯，他是我的實習醫生，他的技術還能入您的法眼吧？」

周諾點了點頭，望著台下正在手術的趙燁緩緩說道：「難得一見的天才！當然，這個世界上天才很多，他比起那些天才更加勤奮，基礎非常好，最難能可貴的是他的領袖氣質，他的聰明，以及他對手術的把握。」

「剛剛台下的那些人，包括我那不成器的徒弟因為太過緊張，動作僵硬。這個趙燁卻只用一個小把戲就解決了這一切，恐怕今年的最佳新人應該是你的這個實習醫生了。」

「太高看他了，我的實習醫生再厲害，不也是您弟子的助手麼。」趙依依掩嘴淺笑，然而內心卻劇震。

周諾號稱怪才，少年得志，年紀輕輕就成為一方名醫。他脾氣古怪，是有名的毒舌，他很少看得起其他醫生。如果趙依依將周諾評價趙燁的話說出來，恐怕會引起轟動。因為誰都不覺得這個沒學歷、沒資歷、不起眼的年輕醫生會有什麼實力。

甚至連趙依依都有些懷疑，她靜靜地望著手術台上專注的趙燁，自言自語道：「你還有多少實力沒表現出來呢？」

腦幹算是顯微手術，必須在手術放大鏡下，用顯微器械進行手術。這些顯微器械重量輕、細長、頭尖、占空間小、操作的時候不能用力。

「三焦。」趙燁的話剛剛出口，機敏的護士立刻調整雙極電凝鑷子的功率。

大腦是人體最脆弱的地方，也是人類對本身所知最少的地方。這種地方的手術需要小心又小心，即使是小小的電流也可能對腦幹刺激過度，因此需要準確調整功率，準確電灼出血點。

狹小的空間需要很精準的操作，多多與趙燁不斷變換著主刀醫生與助手的身分，輪番上陣，趙燁的操作猶如精密的機械般精準，精確到毫米的細微動作，讓人驚歎不已。

帶著黑框眼鏡的女孩多多，平時雖然冒冒失失、迷迷糊糊，可在手術台上卻也不含糊，她做過多次開顱手術，甚至還有過一台腦幹腫瘤切除術手術的助手經歷。

這台手術名義上是兩個人的合作手術，可多多從來沒在技術上對趙燁抱什麼希望，她早準備好一個人完成手術了。

可在手術開始以後，她才發覺，趙燁的技術並不弱，這讓她大吃一驚。多多怎麼也無法想像，一個實習醫生竟然有如此強的技術。更可怕的是趙燁似乎在進步，在這台手術的過程中進步，一點點變強。

多多比趙燁強在實戰經驗多，這些經驗再加上她精湛的技藝，讓她的表現並不比趙燁差。

細長的鑷子將明膠海綿填塞在組織的縫隙中，此刻到了取出腫瘤這一手術最重要的時刻。這是手術中最精彩的部分，也是最困難的部分。

然而這些在特殊的麻醉下難度降低了不少，取腫瘤並不是想像中用刀子切掉那麼簡單。

大腦在醫學中一度被認為是禁區，在切除腫瘤時，第一原則是將腫瘤清除乾淨，不能留下任何癌變細胞，在切除的時候要範圍大一些，即使是健康組織，只要有病變的可能都要切除，然而這原則在腦部手術中卻行不通，大腦功能區集中，任何一丁點損傷都可能造成不可逆轉的傷害，誰也不知道自己這一刀下去，到底是切到了功能區，還是切到了無用區。

患者此刻是清醒的，在手術中就不用害怕切到功能區。只要在想要切的區域進行簡單的測試，患者如果覺得有問題，那麼這個區域就不能切除。如果沒有關係，那麼就可以毫不猶豫地下刀。

接下來的手術在這種情況下變得簡單起來，當然簡單是相對的。因為顱腦手術在任何情況下都不能掉以輕心，任何小失誤都是致命的。

在切掉腫瘤的過程中，趙燁只完成最困難的部分，將腫瘤分離，完全暴露出來。然後他重新回到了自己助手的角色，而不是繼續做主刀醫生，儘管整個手術的過程，他一直都是主刀醫生。

當多多拿起手術刀的時候，許多人才想起來，趙燁只不過是個實習醫生，這台手術他不過是個助手而已，真正的主刀是多多。

趙燁其實很想跟多多調換個位置，親自主刀完成整個手術。如果他提出這個要求，多多也不會拒絕，可趙燁只安心做了助手，手術是兩個人的。

現在的多多從某種程度上來說是趙燁目前最大的競爭對手，但趙燁更多地把這個迷糊的女孩當成了自己朋友，儘管兩個人認識的時間並不長。與多多的潛在競爭，趙燁更願意在日後一決勝負，而不是今天這樣對合作夥伴使陰謀詭計。

這個手術整整耗費了一個上午，結束的時候已經臨近中午了，可人們絲毫沒有離開的意思，當手術結束的時候，許多醫生自發地在手術室的門口等待著。

還沒來得及摘下口罩與手術帽的趙燁發現了門口的人群，興奮地跑了出來，然而，他很快發現這些人對他不冷不熱。

今天雖然是他主導了手術，但主角卻不是他。眾人將驚慌失措的多多圍在中間，無數的鮮花與稱讚，此刻就連她那微微上翹的頭髮、極其不合適的黑框眼鏡都成了他們稱讚的對象。

多多犯了迷糊，她第一次被這麼熱情的人群包圍，她有些害怕地低著頭，偷偷地尋找著趙燁的身影，她希望趙燁能來救她，然而趙燁已經不知道被擠到哪裏去了。

趙燁有些茫然，怎麼都搞不明白，爲什麼相同的功勞，待遇相差這麼遠。在場的醫生怎麼也不會傻到真的把他當成這台手術的普通助手吧，他怎麼也想不通。

在趙燁失落的時候，終於聽到一個粗獷的聲音說：「趙燁醫生，你的手術很漂亮。我非常敬佩你的技術，能跟你聊聊麼？」

興奮的趙燁轉過頭去，發現唯一的崇拜者竟然是位頭髮花白的老人。他年紀雖然一大把，卻精神抖擻，沒有一點老年人應該有的狀態，更厲害的是他穿的衣服，非常年輕。

「哎，您有什麼事情麼？」趙燁頗有些失望，如果是位美女或許還能彌補一下他的失落。

「當然有事，我剛剛看了你的手術，真是太精彩了，特別是那個針灸麻醉，我實在佩服，把你的針灸麻醉教給我怎麼樣，當然不會讓你白教給我。」老人笑得兩隻眼睛眯成了一條縫，用著近乎於懇求的語氣說。

「你也是醫生？」趙燁沒有直接回答，反而詢問起對方的身分來。

「是啊，難道不像？」老人低頭看了看自己的穿著，褐色的褲子，彩色條紋襯衫。如果他年輕一點，或許這身打扮沒問題，如果是他這個年紀，就非常有問題了。

趙燁對他的第一印象就是老黃瓜刷綠漆，裝嫩。

「大家都是醫生，我把最拿手的技術教給了你，我以後怎麼混啊，另外我也沒有心情。」趙燁一口回絕。因爲他覺得這老人就像個江湖騙子，沒有執照的遊方郎中，所以找個藉口推遲。

「別啊，我會的東西也不少，可以交換啊。至於你的心情問題，就不要煩惱了，不就是個虛名麼。」

其實趙燁也沒什麼煩惱，他本來也沒指望這場手術能讓他一舉奪得最佳新人的稱號。更何況現在是多多受到追捧，兩個人雖然是競爭對手，但也算是朋友，也算是肥水不流外人田。

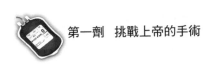

起碼趙燁是這麼認為的，否則最後階段他也不會讓多多來切除腫瘤。但失落總是有的，畢竟相同的成績，待遇卻差很多，無論是誰都會不舒服。

彩色條紋襯衫老人看到趙燁默默不語，於是又說道：「這也怪你自己，最後切除腫瘤你不應該只進行到一半，如果你不間斷地完成整個手術，現在你就是英雄了。」

這手術是個微創手術，具體的細節在觀摩台上是看不到的，人們見到的只是趙燁神奇的針灸，至於他對腫瘤切除等等技巧只是窺視到冰山一角而已。

「我才沒那麼無聊，我也不在乎那些事情。」趙燁沒好氣地道。

「那你還有什麼不高興的，快點教我你的那套麻醉針法。你想要什麼我可以跟你交換。」老人著急道。

趙燁再次打量了一下這老人，他這身衣服太過驚世駭俗，趙燁怎麼也不能把他跟隱士高人聯繫在一起。至於他能拿出來交換的，趙燁也不感興趣，於是打著哈欠隨口問道：「你能拿出什麼跟我交換啊？」

「嗯，這個，我想想……」老人陷入思考，臉上的表情不斷變幻，似乎很難取捨的樣子。

這時趙依依踩著她那誇張的高跟鞋踢踏踢踏地走了過來，她用最溫柔的聲音對趙燁說：

「哎，最後階段你果然讓給那女孩做了，我果然沒猜錯，你太善良了。要知道這個社會是功利性的，你不應該這麼含蓄、這麼善良，如果你搶了這台手術，或許你真的有機會得到最佳新秀醫生，即使人人都反對也不能抹殺你的成績！」

「沒關係，我不在乎。」

「哎，其實你完全沒有必要爭奪這個獎項，你的能力根本用不著這個獎項來證明。這次隆輝藥業的醫學研討會的名醫大多名門。對本次大會的兩個獎項，隆輝醫學獎跟最佳新秀醫生獎，前者那群沽名釣譽的傢伙們不好意思爭奪，可是後者他們卻都希望自己的弟子能夠獲得。他們會不遺餘力地幫助自己的學生，包括動用他們的人脈，動用他們的勢力。」

「那群看起來越是清高，越是不在乎名利的傢伙越是這樣。你明白麼，你喪失了最好的機會，而你的朋友多多卻幾乎鎖定了這個獎。」

趙依依對於痛失好局的趙燁感到惋惜，然而當事人趙燁卻出奇的平靜。本來他是打算奪取最佳新秀醫生的稱號，這樣他就可以放心大膽的手術了，那群患者也不會再拒絕他這個實習醫生的手術。

說到底趙燁爲的就是上手術台，可在最後，友情的重量卻壓倒了這些，趙燁實在做不來跟朋友耍手段的事。

爲了這台超難度的腦幹動脈瘤手術，趙燁不斷挑戰極限，雖然是短短的幾天，可他成長了很多，學到了很多。每一次手術，每一次挑戰，他都在成長。

他已經明白了自己想要的是什麼，他擁有這些收穫就足夠了。

趙燁與趙依依談話的時候，完全忘記了身邊那位老人，而那老人猶豫了半天後，終於下定了決心。

「我決定用我珍藏的兩本失傳古籍跟你換，那裏面的藥方可都是頂尖的珍貴……哎，你身邊這位是？」老人很不情願地拿出東西跟趙燁交換，可當他看到趙依依的時候，完全變了一副模樣，不再關心跟趙燁交易的事。

「他是我老師，也是我姐姐。你少打她的注意，你要交換可以，但要先把東西拿來我驗證一下。」

醫術應該是拿出來共用的，因爲一個人拯救的生命畢竟有限，趙燁也明白這個道理，可眼前這老頭不像好人，如果隨便教給他，讓他出去亂用，那就不是救人，而是害人了。

「沒問題，我家裏的東西你可以隨便看，如果你把你漂亮的姐姐介紹給我。」老人一臉花癡的樣子。

趙燁想立刻把這老頭打發走，可沒等他開口，趙依依卻湊了過來。

她看到這老人似乎很驚訝，捂著嘴巴說道：「你是江海老先生麼？」

「江海是誰，你怎麼認識他？」趙燁一愣，沒想到趙依依竟然認識這色老頭。

「我這個學生太年輕，江海老先生不要怪罪。」趙依依先跟江海道歉，然後扯了扯趙燁的衣服說：「江海老先生祖上三代御醫，他的大名在醫療界可是無人不知，無人不曉。」

趙依依的話差點讓趙燁暈倒，他對趙依依的話半信半疑，對於這個穿著彩色條紋襯衫的老傢伙，趙燁不能肯定他是有名的中醫，卻能肯定他是個極品的好色老頭。

更可怕的是這麼簡單的事情趙燁都看得明白，而趙依依似乎根本不在意，跑到江海旁邊，跟他熱情地聊了起來。

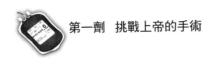

第二劑

御醫傳人

出過三位御醫的中醫世家的珍藏非同一般，趙燁在書架上找了本書隨手翻了翻，才知道自己的確是進了傳說中的藏寶室。

紅木書架上的書多數是中醫典籍的孤本，書頁上還有歷代名醫整理的讀書筆記。這些書無論拿到哪裏都是無價之寶。

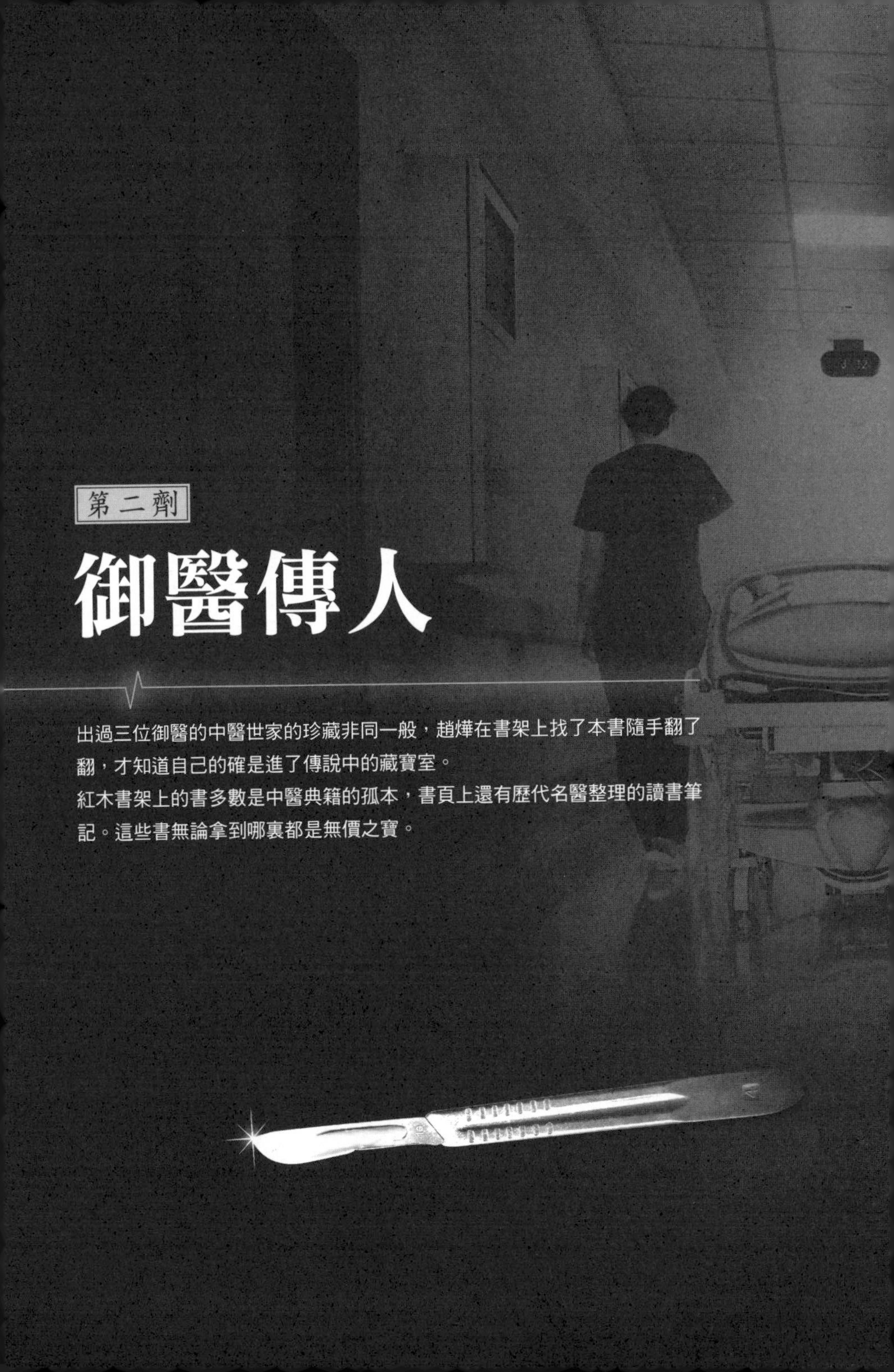

江海的年齡一直是個謎，有人說他八十歲，也有人說他六十歲。當然，問起他具體年齡，江海總是笑著說，我永遠二十五歲。

他永遠是一身誇張的服飾。用趙燁的話來說，就是老黃瓜刷綠漆，裝嫩。

然而江海這根老黃瓜在醫術上卻造詣非凡，他生於中醫世家，歷代行醫。江家的祖上極盡輝煌，連續出了三位御醫，其中最後一位就是江海的爺爺。

江海的醫術正是傳承於他的御醫爺爺，當他爺爺還在世的時候，對這個孫子無比寵愛，但江海小時候卻不怎麼喜歡他的爺爺。

因爲他爺爺寵愛孩子的方法實在過於變態，江海從小就是在藥材堆裏長大的，四歲的時候他就被迫跟爺爺一起練功，練習推拿手法等等。

七歲的他就能對黃帝內經倒背如流，十三歲的他已經跟著爺爺出診，在方圓百里小有名氣了。

那時已經是民國了，曾經的御醫們開始走出皇宮。江海的爺爺不當御醫以後開始全心全意培養這個孫子，在他御醫爺爺眼裏，江海是江氏家族最有才華的傳人。

轉眼，一代名醫去世，江海也長大成人，他成爲爺爺期盼的一代名醫。可是如果他爺爺看到他現在的樣子，恐怕會氣得從墳裏爬出來。

「你隨便看，喜歡哪個就拿走，不對，是抄一份拿走。」江海直接將趙燁帶到他的書房，然後指著四周高高的紅木書櫃說。

出過三位御醫的中醫世家的珍藏非同一般，趙燁在書架上找了本書隨手翻了翻，才知道自己的確是進了傳說中的藏寶室。

紅木書架上的書多數是中醫典籍的孤本，書頁上還有歷代名醫整理的讀書筆記。這些書無論拿到哪裏都是無價之寶。

趙燁怎麼也想不到，這個老不正經的傢伙竟然有這麼多好東西。

趙燁對書架上散發著霉味的古書愛不釋手，中醫方面是他的薄弱環節，如果能將這些古籍研究弄明白，那麼中醫方面就一點問題也沒有了。

「夏枯草，海藻，石見穿，野菊花，生牡蠣，昆布，赤芍……每日一劑，煎兩次分服。天龍片分三次隨湯藥分服。這個預防腦瘤復發的方子似乎很有道理啊……」

趙燁從一本書中找到了江海記錄的重要抗癌藥方，於是隨手抄了下來，準備回去給今天那個腦幹動脈瘤的病人服用。

雖然這台手術沒讓趙燁得到任何榮譽，甚至連句誇獎也沒有，但作爲醫生醫治病人應該全心全意，無論何時都要想著病人，這是他的職責。

趙燁跟著醫聖李傑學到的不僅僅是醫術，更多的還是醫德，這也是李傑教導趙燁時一直強調的。

趙燁滿意地看了看抄好的藥方子，然後小心地折起來放進兜裏。

這裏珍貴的典籍實在太多了。他有些興奮，這是難得的機遇，中醫的藥方很多都非常珍貴，根本不會拿出來示人，這也跟中醫的家族傳承有關。

最有名的例子就是雲南白藥，那配方甚至屬於國家機密。趙燁現在所在的房間裏的書，如果拿出來仔細研討一番，恐怕也有很多會成爲國家機密。

「不對啊，這老黃瓜江海這麼大方肯定有問題，他不會這麼好心啊，他的目標莫非是趙依依？」

趙燁突然想起江海那色迷迷的小眼睛，於是放下手中的書跑了出去。

書房距離客廳並不遠，出了門轉個彎就到了。客廳裏趙依依與江海兩人面對面坐著，不知道在談論著什麼。

趙燁看見趙依依掩著嘴微笑著，而江海則是一臉的花癡樣，完全被趙依依給迷倒了。趙燁覺得這樣下去很危險，於是加快腳步跑了過去。

「我選好了。」

江海看了看彷彿從天而降的電燈泡，不可置信地問道：「這麼快，你選了什麼？」

「哎呀，趙燁，你還選什麼啊，直接跟著江老師學習一段時間不好麼？」趙依依提議道，然後拚命對趙燁使眼色，暗示他答應。

趙燁的確沒想好要什麼，那屋裏的東西各個都價值連城，讓人難以取捨，對跟隨江海學習的提議，趙燁更是想都沒想過。

趙依依的暗示他也裝作沒看見，反而對江海說：「哎，這個……我明天再來看看吧，今天我還有事，跟我姐姐先走了。」

趙燁說完也不管趙依依是否同意，直接拉著她就走。

江海也不知道發生了什麼事，跟在後面追著說：「你那針灸秘訣還沒教給我，怎麼就走了，那個依依什麼時候再來啊？」

「放心，明天我還會來，到時候再說吧。」趙燁頭也不回地說道，江海的挽留反而讓他越走越快。

趙燁拉著趙依依跑出了很遠才鬆開手，被趙燁扯著跑了一路的趙依依揉著被趙燁抓過的手腕輕聲問道：「你跑什麼啊？」

「沒什麼，我只是不想待在那裏。」趙燁沒好氣地道。

「你生氣了。」趙依依微笑著看著趙燁，比起趙燁的微怒，她似乎心情大好，饒有興致地看著趙燁。

「我生什麼氣啊，我有什麼理由生氣。」

「那就是吃醋了。呵呵，你吃醋的樣子真討人喜歡，我喜歡你這充滿醋意的臉。」趙依依微笑著跳開，猶如翩翩飛舞的蝴蝶。

「吃醋？哎，你回來，別跑，我沒有啊，我是害怕那老黃瓜占你便宜啊，真的。」趙燁追在後面解釋著。

可趙依依根本就不聽趙燁說什麼，索性甩掉高跟鞋，一蹦一跳地猶如快樂的小鹿，此刻她好像回到了十七八歲的純真年代，一點小小的快樂就可以滿足。

「哎，你等等我。那老黃瓜明顯不是好人，明天你別來了，我自己來。」

長時間準備手術，再加上今天整個上午的手術，趙燁差不多有四十個小時沒休息了，他的體力到了極限，雙腿發軟的他竟然追不上趙依依。情急之下，他竟然連給江海起的老黃瓜的外號都叫了出來。

「老黃瓜？這外號不錯，我就喜歡這樣的老黃瓜，明天來不來是我的自由，你可管不著哦。」

趙燁雙腿發軟卻在堅持，他要抓到趙依依，然後告訴她，這不是吃醋，是純粹的擔心。他不想看到趙依依爲了幫自己受委屈，去討好那色老頭。

趙燁此刻完全忘記了趙依依永遠是一隻飛舞在花海中的蝴蝶，在最美的舞台跳著讓人羡慕的漂亮舞蹈，在危險的帶刺玫瑰叢中從來不受傷。

一根老黃瓜於她來說，根本連個小菜都算不上。

趙依依對著鏡子欣賞著那讓無數男人傾倒的容顏，她在這裏坐了足足兩個小時，鏡子中的人看起來已經無可挑剔，可她還不滿意，對著鏡子追求盡善盡美。

她今日的打扮與往日大有不同，平時的她，工作時都是穿著很正統的職業裝。休閒假日時她喜歡穿著誇張的高跟鞋、淑女裝來彰顯她的美麗。

今天的趙依依穿著緊身的格紋褲，紫色寬鬆針織衫，配上圍巾，讓她看起來知性又文雅。這種打扮讓她感覺自己又回到了那個青澀、朦朧、快樂的年代。

打扮好了，她對著鏡子看了又看，終於滿意地拎著包包離開了。趙依依從昨天開始就心情大好，就連昨夜做夢的時候她都在笑。

她笑趙燁那尷尬的表情，著急的樣子，她高興能有人真正關心她，高興今天還有好戲上演。出門後，她伸手攔了輛計程車直奔江海的住處，那棟古老的別墅。

江海的房子算得上文物了，這房子已經不知道存在了多久，屋裏面的傢俱更是年代久遠，傳說是江家某位御醫祖先流傳下來的東西。

面對著極具歷史的紅木傢俱、珍寶典籍，趙燁絲毫沒有敬畏之心，他大大咧咧地靠在太師椅上，口中不停地抱怨著椅子太硬，茶水太苦之類毫無根據的話。

江海對於這樣的抱怨只陪笑著，然後不停地找東西，希望能讓趙燁滿意，以便能從他口中獲得針灸麻醉的方法。

「這個如何？我們江家的藥典，絕密配方，你可以從裏面挑選幾樣。」

江家的藥典是江家歷代名醫祖先的精華，隨便一個藥方都是無價之寶。江海拿出這本典籍算是最後的底線了，然而趙燁卻一副不在乎的樣子，張著大嘴巴打了個哈欠，緩緩說道：

「我又不是中醫，沒興趣。」

「哎，我知道你不是中醫，但現代醫學何必分得那麼細呢，又何必戴著有色眼鏡去看待中醫呢。你是醫生，只要對病人有利的東西你都應該學習啊。」

「老外不懂中醫是他們的損失，如果連我們自己人都無視中醫，無視老祖宗留下來的瑰寶，那就是罪孽了。」

江海的表現完全超出了一個老中醫應有的反應，他對中醫的逐漸衰弱簡直痛心疾首，趙熚沒想到自己故意氣他的玩笑之語，讓他如此悲傷。

「我沒藐視中醫的意思，其實我也在學習中醫理論。近代醫學中，西方醫學佔據了主導，但中醫也在發展，只不過我們研究投入得太少了，我想只要政策大力提倡，以後會有改觀的。」趙熚話語中雖然有安慰的成分，可更多的是他自己的想法。

「沒錯，我真是越來越喜歡你了，可惜你年紀大了點，而且還沒有中醫風骨，要不我真的想收你做徒弟了。」江海對趙熚的話一陣驚喜，而後又一臉的惋惜。

「中醫跟年紀，還有風骨有什麼關係？」趙熚沒好氣地問道，他倒不是想當江海的徒弟，只是有點不服氣。

「當然有關係，年紀太大就不好入門了，很多東西必須從小開始練習。至於風骨，我們江家歷代雖然算不上風流才子，可也都是瀟灑俊朗的人物，不說琴棋書畫樣樣精通，起碼吟詩應該不在話下。」

「而你……差太多了，不說別的，你這正統學校畢業的學生，恐怕連一首詩都做不出來吧。」

「不過一首詩而已，有什麼難的。」趙燁有些不服氣地站了起來，學著古人的樣子搖頭晃腦地走一步說一句：「蒼天有井獨自空，星落天川遙映瞳。小溪流泉映花彩，松江孤島一葉楓。」

「你這首詩聽起來怪怪的，可對仗還算工整，意境也算不錯，可總覺得有點奇怪。」江海仔細回味著趙燁詩的每一句話，緩緩地說道。

「別挑三揀四，我可是作出一首詩來了，你還有什麼話好說？」趙燁正色說道。然而暗地裏卻差點笑暈，用蒼井空、松島楓等日本當紅女優名字組成的詩句，怎麼可能不奇怪。

江海一大把年紀，當然不會明白這些，於是只能認同趙燁在詩詞造詣上略有成就。

「你猜我今年多大年紀？」江海突然冒出這麼一個問題。

「八十歲吧，不是說中醫都會養生，你看起來只有七十歲，但我覺得你肯定八十了或者更大。你雖然一把年紀了，但心理年齡卻很年輕，似乎還在戀愛的年齡。」趙燁並不知道他想幹什麼，於是隨口亂說，還不忘冷嘲熱諷一番。

江海知道趙燁是說他對趙依依的態度問題，他也不理會，淡淡地回答道：「我今年一百零八歲。至於心理年齡，我剛剛說了，這叫風骨，你不懂。」江海的風骨就是風流，可從他嘴裏說出來卻大義凜然。

一百零八這個數字給了趙燁極大的震撼，他好像觀看珍稀動物一般繞著江海轉了好幾圈，就差沒把他嘴巴掰開看看牙齒。

「你騙我吧？一百零八歲，怎麼可能？你的身體機能看起來也就七十歲左右！」

「何必要騙你呢，不信你看，這是刻著我生辰八字的玉佩，當年我爺爺當御醫的時候皇帝賜的。」

趙燁早就相信了江海的話，在醫聖李傑教他的醫術中，望診有一項就是看年齡，不過江海這老頭保養得實在誇張，一百零八歲的人看起來好像七十歲，簡直就是個老妖怪。

趙燁此刻對這老妖怪的態度，由鄙視轉而充滿了敬畏，乖乖地將自己那套針灸麻醉術分享給他。

這針灸麻醉術來源於趙燁的老師醫聖李傑，不過趙燁進行了小小的改良。

江海對此如獲至寶，激動地問這問那，一直到將所有細節都弄明白了以後，他還意猶未盡地說：「中醫的發展道路必需改變，舊有的家族傳承模式已經不再適合，在技術上更不能閉關自守，需要革新。你這麻醉算是個創新，來，我讓你看看我的研究。」

江海說完就帶著趙燁來到他的研究室，那是個堪稱奢侈的研究室，現代化的儀器與他房間古樸的佈置以及他老中醫的身分嚴重不符。

「早些年我傳承了家族的中醫文化，在中年時代我對學了一輩子的中醫產生了懷疑，開始研究近代醫學。晚年的我則重新回歸中醫，我試圖破解中醫的秘密，破解祖先傳承了五千年的密碼。」

江海的話語凝重而深刻，讓趙燁完全忘記了他身上那誇張的彩色條紋襯衫。現在的江海在趙燁心中不是老黃瓜，更不是老妖怪，而是位讓人充滿敬意的名醫。

兩個人的年齡相差八十多歲，生活經歷完全不同，然而卻不影響兩人成爲朋友。趙燁很快就發現這個一百零八歲的老頭非常有趣。

兩個人的共同點在醫術上，對於中醫的改革，對於西醫的研究等等。兩人越聊越投機，趙燁漸漸熟悉了這位老中醫江海，這位老中醫並沒有想像的那麼簡單，他很有野心。是對整個中醫界的野心，他的野心是將中醫與近代醫學完美融合。

精心打扮過的趙依依將江海那老舊的閣樓踩得咯吱咯吱響，她急切地想讓江海看到她精心的裝束，以及趙燁那飽含怒意的臉。

可當她站在兩人面前的時候，卻發現這兩人竟然成了朋友。兩人肩並肩地坐著，時而激烈地辯論，時而細心地攀談。

沒人理會剛剛跑進來的趙依依，枉費她精心打扮了兩個小時，竟然沒有人看她一眼。

江海對美女有興趣，但比起醫學來說，他更喜歡醫學。

趙燁同樣喜歡醫學，至於趙依依他也不擔心，江海就在自己眼皮底下，不能怎麼樣，更何況他是個一百零八歲的老頭，就算他醫術再神奇，身體再妖怪，趙依依再漂亮，恐怕那過百的身體也是有心無力。

正應了那句話，問君能有幾多愁，恰似一群太監上青樓。

江海不僅身體保養得似妖孽，其充沛的精力也讓人吃驚。

從早上開始，江海就跟趙燁不停地討論學習，整個過程都沒有休息，甚至連飯都沒吃。

興趣是最好的老師，趙燁一整天都爲江海講解關於針灸麻醉的問題，當然他就是將李傑講給他的知識加上自己的一些見解講給江海聽而已。

此刻的江海成了那句活到老，學到老最生動的例子。

趙燁名義上是給江海講解，其實更多是兩個人在討論。

同江海這樣的中醫大師學習，其過程是讓人興奮的，趙燁只需要簡單提示，江海立刻就能明白，並且還能說出很多趙燁不知道的東西。

整個過程，趙燁學到的東西甚至比江海還多，而江海這個色老頭則比看到了全裸的美女還要高興。

唯一覺得無聊的，就是經過精心打扮的趙依依，她原本有很多的期盼，可到了最後才發現，漂亮的自己在這一老一少兩個傢伙的眼裏根本比不上醫學，比不上那比天書還要晦澀難懂的針灸學。

趙依依沒能堅持多久，看著那一老一少爲了個穴道的位置，爭得面紅耳赤，她怎麼都不能理解。都說女人翻臉比翻書還快，此時，趙燁跟江海變臉比女人翻書還快。

趙燁那微怒的充滿醋意的臉再也沒看到，江海也不再一副花癡相了。趙依依只能嗔怒地跺著她的高跟鞋噠噠噠地走了。

空蕩蕩的房間裏就剩下趙燁跟江海兩個人，他們兩人的全部精力都集中在討論醫術上，連趙依依什麼時候離開的都沒發覺。

從針灸的局部麻醉到全身麻醉，從祛病救人到養生保健。說到高興的地方兩個人能相互擊掌祝賀，說到意見不統一的時候，則面紅耳赤地爭論，好像有深仇大恨般，誰也不肯退讓一步。

趙燁指著江海手法上的錯誤說：「這麼刺下去肯定不行，深度不夠，刺激不夠病人會醒的。」

「深度不夠，自然有辦法補助。走，去我的實驗室，我來告訴你具體的方法。」

「時間不早了，我們是不是休息一下明天再來呢？」趙燁抬頭望了望窗外，月色朦朧，繁星滿天。

「我老人家都沒說累，你年紀輕輕的怎麼就不行了呢？平時也要多鍛煉身體啊，現在的年輕人都喜歡悶在屋子裏，還說自己是什麼，對了，叫宅男。」

「我平時也鍛煉身體的，我業餘愛好也不少，例如養鳥觀日啦。我其實是害怕你累，怎麼說你也一大把年紀了。」趙燁業務愛好多不假，可數來數去真沒有什麼正經的愛好，於是他隨口說了養鳥觀日，至於養鳥觀日那是每個大學生都有的，誰還不看兩個日本電影呢？

江海卻沒注意到那麼多，他是徹底的老中醫，能夠接受西方近代醫學已經是個奇蹟，讓他再接觸年輕人的東西就是強人所難了。

「在人們的印象裏，中醫從來不注重試驗，甚至害怕試驗！久而久之中醫自己也對實驗失去了興趣。仗著五千年的積累，仗著歷代名醫們的經驗吃老本。」

「其實中醫走進了誤區，吃老本已經靠不住了，更何況那老本已經讓我們丟得差不多了，那些落後觀念，例如傳內不傳外，傳男不傳女的守舊思想，讓太多的東西失傳了。與此同時，西方近代醫學卻在不斷進步，此消彼長之下，恐怕我們的傳統真的要消亡了！」

「沒錯，我想華佗的麻沸散如果沒丟，配合上針灸麻醉，那就完美了。」趙燁點頭同意道。

「可惜失傳的事實改變不了，既然古人能創造奇蹟，那麼我們自然也能。來看看我的研究。」江海今天似乎很興奮，一點要休息的意思都沒有。

江海的實驗室設備非常齊全，幾乎要什麼有什麼。要知道醫學實驗器材非常昂貴，而且實驗很燒錢。

私人出錢研究醫學專案簡直不能想像，趙燁看到房間裏價值不菲的設備，差點連下巴都掉下來。

讓他吃驚的還在後面，江海在動物身體上做的實驗，他將兔子困在實驗台上，然後用銀針輕輕刺入。

那深度完全達不到標準，銀針的尾端連接著金屬線，金屬線通向不遠處的一台儀器。江海做完這一切後對趙燁說：「看好了，此刻針刺的效果並沒有發揮出來，但如果我通過電刺激，增加電流量，就完全不同了。」

江海說著旋轉著控制電流的開關，然後用手術刀在兔子的身上切開一個小傷口，那兔子神志清楚，卻沒有感覺到一丁點疼痛。

「針刺可以在電力、磁力、藥物的幫助下增強，當然其力度非常難把握。關於這些，我已經研究了很多年，還算略有成績。」

江海慢慢走到另一邊的實驗台，指著那些瓶瓶罐罐繼續說：「關於中草藥我更是研究了多年，我試圖用西方近代科學來解釋，可惜進展不大。千年的密碼不是那麼容易破解的，我們的路還很長。」

江海對自己研究進度緩慢十分不滿意，言語中透露著些許無奈。可在趙燁看來，他已經非常了不起了。

如果說江海老妖怪般的身體讓趙燁敬畏，那麼他現在的研究則讓他無比敬佩。趙燁的醫術多半是跟醫聖李傑學習的，而且多數偏向於西方近代醫學。可趙燁對中醫的神奇非常嚮往，只是基礎太薄弱，學的東西不多。

「您別妄自菲薄，現在您所做的一切已經很偉大了。」

對於趙燁發自內心的敬佩，江海只笑了笑，然後繼續說道：「你這個針灸麻醉還有很大的發展潛力，你現在也別去爭奪那個什麼最佳新秀醫生了，讓我們把它的潛力挖掘出來，怎麼樣？」

所謂最佳新秀醫生獎項現在已經不重要了，趙燁如果能夠得到老妖怪的指導，那麼他薄弱的中醫以後也能拿出手了。

對於這樣的請求，趙燁當然毫不猶豫地答應下來，學習是一方面，另一方面趙燁挺喜歡老黃瓜的脾氣，與他相處這一天，趙燁很愉快。

「好了，我們現在開始工作！」

趙燁以爲自己聽錯了，一天都沒吃飯了，就算是工作狂人也要先吃飯，更何況趙燁覺得忙了一天，也應該休息了。

在趙燁準備勸說江海休息時，卻發現老妖怪有些不對，面色發白，虛汗淋漓，儘管他還在微笑，但很明顯他身體出了問題。

「我沒事。」江海說。

「我好歹也是個醫生，不要說這麼沒人信的假話。」

江海還要堅持，可身體卻不聽使喚，雙腿發軟，兩眼發黑，身體失去了平衡。趙燁怎麼也沒想到這老妖怪般的人物說倒就倒，多虧了他離江海只有一步之遙，將他抱住。

江海此刻不省人事，臉色鐵青，脈搏微弱。儘管對中醫知識僅略知一二，可趙燁通過脈象也能判斷出這一百多歲的老妖怪病入膏肓，只餘一線生機。

趙燁那不慍不火的性子讓他處事冷靜，即使是第一天做實習醫生遇到病人，也沒有出現絲毫慌張。

然而江海突然病倒，卻猶如突然襲來的巨浪，趙燁怎麼也接受不了，這貌似老妖怪的傢伙竟然會突然病倒。

趙燁生平第一次面對病人慌了，特別是趙燁感覺到江海那僅存一線生機的脈搏時。

古語有云，醫不自醫！說的是醫生在給自己或者親人看病時，容易受到感情的影響無法正確醫療。而趙燁卻覺得，給自己親人看病困難，給比自己醫術高的人看病更困難。江海這老頭年紀過百，身體看起來一直不錯，可就是不知道爲什麼就突然暈倒了。

江海那神奇的養生術，以及他那傳奇般的御醫家族讓趙燁充滿了敬畏，以至於趙燁忽略了很多的事情，例如他那使用了超過一百年的身體。

暈倒的江海躺在趙燁的懷裏，此刻趙燁才發覺，精神矍鑠的江海異常的瘦弱，明顯是大病的徵兆，可他完全忽略了。趙燁沒時間追究暈倒的原因，直接背著江海送到醫院。

醫院裏的醫生不一定比趙燁強，但醫院卻有著趙燁沒有的設備及藥品。趙燁坐在醫院走廊的椅子上，低著頭彎著腰將臉深深地埋在胳膊裏，等待著江海這個重症監護病人的消息。

短短的半個小時，對趙燁來說猶如過了幾年，他甚至不知道自己是怎麼過來的。此刻迷茫的他覺得都是自己的錯，年紀過百的江海根本不能勞累，他早應該清楚。

「病人已經醒了，你可以進去看他。」值班醫生的態度並不好，因爲江海的突然發病打擾了他的美夢。趙燁沒時間計較值班醫生的態度，直接跑進病房探望江海的病情。

病房裏傳來生命監視儀的滴答聲，江海已經清醒過來，他臉色蠟黃、精神萎靡，完全沒有之前那種健康的樣子。

「呵呵，你送我來醫院的吧，不用擔心，我很好，等我休息一下，我們繼續去研究。」江海微笑道。

病榻上的江海盡現老態，趙燁從他身上再也感受不到年輕的光輝。病來如山倒，病去如抽絲，即使江海醫術再神奇，也沒辦法立刻好轉。

「你還是休息吧，養好了病再工作也不遲。其實我很好奇你的身體究竟怎麼了，你看起來病得很重，而你卻一點也不擔心。」

江海身為老中醫，中醫治病講究防患於未然。江海這個中醫泰斗般的人物，怎麼會把自己的身體搞成這樣。

江海沒有回答趙燁的話，只是苦笑道：「我天生閒不住，躺在病床上太難受了。」

趙燁疑惑地看了看江海，他給的理由並不能讓人接受。江海怎麼也不像病得那麼輕，趙燁也不說話，直接上來給江海做身體檢查。

「唉，你要幹什麼，不行，你別亂摸，啊……」江海瘦弱的身軀當然比不了趙燁的年輕力壯，趙燁的檢查有些強制性，可江海也沒有辦法。

檢查進行得很順利，只是聲音弄得太大，讓護士站的值班護士以為兩個人是同志。

病房裏趙燁臉色凝重，雖然只是簡單的體檢，並沒有經過各種儀器的驗證檢查，可趙燁已經知道了江海的狀況。

老人身體消瘦、淋巴結腫大等等體徵是明顯的癌症，根據以往的經驗，趙燁甚至能夠確定癌症擴散的範圍非常大。

幾乎沒有治癒的希望了，即使是江海這樣的超級醫生。

「不用悲傷，我其實早就知道了。你更不用自責，我特意掩飾了我的症狀，即使是經驗豐富的老醫生都看不出來。」江海蒼老的聲音中透著些許悲哀。

他掙扎著坐起來，緩緩地對趙燁說：「人難免生老病死，我已經活了一百多年，已經滿足了，特別是在最後能碰到你這樣的小朋友。」

「如果進行手術還有一丁點希望，我可以將腫瘤切除乾淨，輔以中藥抗癌治療，或許您還能多活幾年。」趙燁不能接受這樣的事實，雖然兩個人認識的時間不長，可趙燁真的對這老頭兒很有好感，江海對趙燁來說是一個值得尊敬的長輩，就像他的爺爺一樣。

「關心則亂，作為醫生，你應該時刻清楚自己的立場，你怎麼能忘記我的年紀呢？我一百多歲了，身體裏的癌症已經擴散到五臟六腑，如果你把癌症切除，我的內臟器官也都被你切得差不多了。我醒來的機率差不多是零，死在手術台的機率倒是很大。」

江海說得沒錯，即使是神醫，對癌症依然沒有辦法。如果是早期，趙燁可以治癒，甚至中期都有挽回的希望，可晚期的病人他無能為力。

「可是，可是……我總要為你做些什麼吧。」趙燁討厭這種無力的感覺，從做醫生開始，他沒死過一個病人。

雖然江海不算趙燁的病人，可卻是趙燁關心的人，他想救這個有趣的老人，可偏偏又無能為力。

「我多想跟你們這些年輕人開創一個時代啊！可是沒機會了，也沒有時間了。我高估了我的身體，也高估了自己的能力。」江海輕輕地咳嗽了幾聲，繼續說：「其實我一直在這家醫院療養，原本我打算不驚動任何人就這麼死掉的，可當我聽說隆輝舉辦了這個醫學研討會，我忍不住去看看。當我看到你那針灸技術的時候，我就在想，我或許應該留點東西在這個世界上。」

「你知道李傑麼？就是那個號稱醫聖的，他或許不能救您，但延長您的壽命肯定有把握。」趙燁突然想起自己的恩師李傑，他覺得那變態大叔在醫術上是無所不能的。

「不用幫我想辦法了，我早就準備好迎接死亡了，只是死亡之前我還想留點東西罷了，就是我跟你說的那個針灸麻醉學的潛力，我想將它的潛力挖掘出來。」

「我這一生雖然治病救人無數，可真正能留下的東西卻什麼都沒有，我甚至沒寫出一本行醫的經驗心得。我想在我死之前留下點東西，給我們古老的中醫做點貢獻，只是我現在時間不多了，恐怕不能完成這些了。」

江海一直帶著淡淡的微笑，可趙燁卻越來越悲傷。他想把江海治好，可憑他現在的技術，是不可能完成的任務。

「如果你真想幫我做點什麼，就將那研究完成，另外，我還想見見你姐姐趙依依，行麼？」江海突然開口道。

趙燁以為他在開玩笑，可看他認真的表情卻又不像。江海那蒼老瘦弱的臉龐此刻滿是期待，他無法拒絕。

「我去叫她來。」

「不，你帶我出去，我不想在病房裏見到她，不想讓她看到我病怏怏的樣子。」

「可是你的身體？」

「我的身體我最清楚，為了我的身體，我已經盡了最大的努力。現在我的時間不多了，我沒有時間將針灸麻醉術的潛力挖掘出來。但我還有時間做最後一件事情，我可以去喝一杯，抽我最喜歡的煙。」

作為醫生應將患者的健康放在第一位，作為朋友應該將滿足他的心願放在第一位。面對江海的祈求，趙燁沒辦法拒絕，沒辦法拒絕一位將要離開人世的老人。

趙燁趁著值班醫生跟護士不注意，偷偷背著江海溜出了協和醫院，然後在大街上攔了輛計程車。

夜間行人稀少，汽車呼嘯著消失在黑暗中，天空的黑幕中一顆流星劃過，消失不見了……

第三劑

消逝的生命

醫生是這個世界上見慣了死亡的職業，迎接死亡不過是家常便飯而已。
趙燁這樣安慰著自己，然而面對死亡，趙燁卻同其他醫生一般難以接受。
躲在洗手間裏不知道吸了幾支煙，趙燁的手機響了，
來電顯示是趙依依的號碼。
江海過完了人生中最後一段快樂時光。

醫生最悲哀的莫過於不能拯救生命，趙燁此刻恨不得擁有超能力，直接把江海體內的癌細胞清除乾淨。

江海很是平靜，回到家的他不疾不徐地脫下病服，換上件很古老的中山裝，然後又將那花白的頭髮梳得整整齊齊。

趙燁在客廳裏足足等了江海一個小時，江海對著鏡子看了又看，還是有些不放心，於是對趙燁說道，「我看起來還可以嗎？」

「很帥！我想你今夜一定會迷倒很多女孩子。」

「呵呵，很多就不用了，我心中只有一個人。」

「我已經給她打電話了。」

面對著已經一百多歲，即將踏入黃土中的人，趙燁沒計較那麼多。江海現在無論有什麼願望，趙燁只要能辦到，都不會拒絕。

更何況趙燁覺得江海對趙依依並沒有什麼，如果他真是個色老頭，以他的身分地位、經濟實力，即使已經到了一百歲，他也能隨便找到極品女人，更別說趙依依。他如果真對趙依依有意思，也不會通過趙燁，直接用錢就是了。

「我沒什麼東西送給你，這些你先收好。」江海終於對自己的形象滿意了，他遞給趙燁一個牛皮紙檔案袋，裏面鼓鼓囊囊的很重的樣子。

趙燁以爲裏面是研究資料，沒有推辭，直接收在懷裏，然後對江海說：「放心，我會幫你把研究進行到底。」

「有你這句話我就放心了，走吧，不要讓我的小寶貝等著急了。」江海微笑著，那樣子跟趙燁第一天看到他時一模一樣。

然而趙燁知道，這只不過是迴光返照而已。此刻他在燃燒最後一絲生機，他的生命或許只有幾個小時了。

趙依依拎著她的小包包，一臉不情願的樣子，絲毫不顧及江海那期待的表情。

聽了趙燁的解釋後，趙依依有些驚訝，因爲她怎麼看這色老頭都不像要死的人。

燈光昏暗的酒吧，瘋狂的舞曲，這種地方並不適合江海這樣的老人，然而深夜似乎只有這樣的地方還開著門。

「喝什麼酒？」趙燁問

「二鍋頭。」江海道

「好的，就要二鍋頭。」趙燁揮手叫服務生上二鍋頭。

趙依依聽了兩人的話，趕緊阻止趙燁，輕聲說道：「這地方沒那種酒。更何況江海病入膏肓，以他的身體狀況喝酒，等於找死。」

「只要有錢，在這裏什麼酒都有，我要瓊漿玉液他們都能想辦法給我弄來。其他的事情你就不要管了。」

「他雖然病入膏肓，可只要想辦法，也能保住他一個月的壽命啊，你這麼做是在要他的命。」趙依依有些激動。

「我是個醫生，不是萬能的神，對於即將逝去的生命，我做不出任何事情。我們不能賜予人新的生命，唯一能做的就是讓他走好。」

嘈雜的音樂聲中，拿了小費的服務生變戲法般弄來了一瓶二鍋頭，然後熱情地倒酒，在服務生眼裏，這三個顧客就是農村來的暴發戶，跑到這裏來喝二鍋頭，真是要多傻有多傻。

「好酒！好多年沒這麼痛快地喝酒了。」江海一口氣喝了半杯，然後稱讚道。

趙燁頻頻舉杯陪著江海，他喝得比江海還快，對於這種烈性酒，趙燁很容易就會醉倒，可今夜他似乎格外清醒。

趙依依看到兩人頻頻舉杯，覺得這兩個人簡直瘋了。不知道喝了第幾杯，江海終於不再喝了，而是進入今夜的正題，他今夜是想看看趙依依。

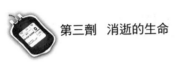

趙燁很識趣地表示要去洗手間，留下趙依依跟江海兩個人。

上一次兩個人在一起的時候趙燁還挺生氣，甚至真的有趙依依說的那種吃醋的感覺，而這一次，趙燁心裏滿是辛酸。

在洗手間裏，趙燁用冷水拚命沖刷著臉龐，他試圖將一切不快沖走。雖然與江海不過萍水相逢，泛泛之交，可趙燁真的喜歡上了這個可愛的穿著彩色條紋襯衫的老頭。

醫生是這個世界上見慣了死亡的職業，迎接死亡不過是家常便飯而已。趙燁這樣安慰著自己，然而面對死亡，趙燁卻同其他醫生一般難以接受。

躲在洗手間裏不知道吸了幾支煙，趙燁的手機響了，來電顯示是趙依依的號碼。

江海過完了人生中最後一段快樂時光。

然而嘈雜的酒吧裏，沒人知道江海的生命在漸漸逝去，更沒有人知道，一代名醫即將就此辭世。

「謝謝！」這是江海對趙燁說的最後一句話。他不知道喝醉的江海當時是否還清醒，他只知道，江海這個夜晚很高興。

回到醫院，趙燁發現江海的病房裏有很多醫生，而且這些醫生都相當不友善。他們看到趙燁背著江海回來的時候，問都不問，劈頭蓋臉就是一頓臭罵。

「你以爲你是誰，做個手術很了不起，這個病人得的什麼病你知道麼？你有什麼權力將他帶出去？」江海的主治醫生恨透了趙燁，如果江海真出了什麼問題，或者他的家屬追究起來，他可是無法推卸責任的。

隨著主治醫生帶頭，人人都開始叱責趙燁，就連護士都來說趙燁的不是，然而趙燁卻絲毫不在乎，把他們完全當成空氣，把江海安頓好了以後直接轉身離開。

趙燁很喜歡摩天大樓的頂層，因爲安靜，視野開闊。

離開了病房的趙燁沒回賓館睡覺，而是來到了大樓的頂層，迎著夜裏的寒風，望著腳下的不夜城。

趙依依跟在他身後，作爲趙燁的老師，同時也是他的姐姐，趙依依打心裏關心趙燁這個善良的弟弟。她靜靜地跟在趙燁後面，什麼都沒說，她知道趙燁心情不好的時候不願意說話。

「你覺得他今夜快樂嗎？」趙燁首先開口道。

「我覺得他很快樂。」

「你不會怪我吧？」

「我是那麼不通情達理的人嗎?更何況他並沒做什麼。實際上，江海是將我當成了另外一個人，或許我長得跟江海心中很重要的女人很像吧。」

趙依依的話讓趙燁知道，那色老頭並不是真的好色。他只是將趙依依當成了另外一個人，一個將要死去的人會這樣不難理解。

江海看上趙燁的針灸麻醉也是如此，他想在這個世界留點東西，針灸麻醉的改良無疑是最好的。

「我雖然不知道那女人是什麼樣子，可我今夜卻扮演得很好，你就放心吧。江醫生過得很快樂，其實他是個孤獨的人，他一生未婚，更沒留下什麼子女。」

趙燁聽說江海沒有子女，略微有些錯愕，突然想起江海送給自己的牛皮紙檔案，他輕輕打開牛皮紙檔案，借著微弱的燈光翻看著其中的資料，他發現這裏面的東西不那麼簡單。

趙燁想起江海出門之前藉口打扮，一個人在屋子裏神神秘秘地弄了好久，想必這裏面的東西就是那個時候整理的。

趙燁隨手翻看了一下，裏面除了一些資料，還有江海留給他的信，以及一封遺書……

江海龍飛鳳舞的字跡以及昏暗的光線讓趙燁有些看不清楚，他準備將這些資料都裝回去，可他突然停了下來，因爲他在上面看到了自己的名字，以及名字後面的幾個字：全權代理遺產分配……

江海走得很快樂，沒有任何痛苦，一直到死亡，他都沉浸在幸福中。在清醒著的最後時刻，江海伏在趙依依的懷裏痛哭，那一刻他將趙依依當成了自己的戀人，而趙依依也很完美地扮演了這個角色。

很多癌症患者都沒有江海幸運，他們沒有那種快樂，相反他們還要依靠止痛藥來活著。癌症是目前人類健康最大的敵人，早期難以診斷，中晚期根本無藥可醫。

江海走得快樂也走得冷清，晚年的他基本是在實驗室跟醫院度過的，並沒有什麼朋友，他年紀太大，走得太晚，老朋友已經在另一個世界等著他了。

江海的死亡讓協和醫院的高層震怒，趙燁這個實習醫生偷偷帶病人出去，間接導致病人的死亡，成爲了一個小小的醫療事故，這醫療事故在領導層看來是不能放過的。而且要對趙燁做出嚴厲的處罰，將趙燁驅逐出隆輝醫學研討會。

現在的趙燁並不在乎，這個決定只能讓王超哪類醫術上比不過趙燁，玩小陰謀小詭計又總吃虧的傢伙暗爽一下而已。

趙燁可沒有時間跟他們計較那麼多，這是趙燁二十多年來第一次面對死亡。無論是作爲醫生，還是作爲朋友，趙燁都接受不了。然而，他還來不及悲傷，就要面對江海留下的遺書以及喪事問題。

趙燁算起來不過是個未畢業的學生，說到底還是個未進入社會的年輕人。除了會看病，其他的都很差。

江海在遺書裏只提到要土葬，似乎是他老中醫的思想在作怪。趙燁尊重他的意願，可政策上又不允許。

這件事最後還是趙依依幫忙解決的，如果沒有趙依依，恐怕趙燁就是忙到死也不知道怎麼辦。

解決了喪事後，趙燁又開始爲江海的遺書發愁。

江海對自己的身體情況早有預料，並且對後世也做出了具體的安排。江海的財產有多少，趙燁並不知道，他也沒興趣知道，可老傢伙江海卻將他的遺產給了趙燁。

他在遺書裏很清楚地寫著，趙燁繼承了江海的部分財產，包括那棟裝滿江家私人珍藏的古書典籍和古老的滿是紅木傢俱的別墅。

另外，江海還有很多錢，那些錢並沒給趙燁，大部分捐給災區，少量的留給江海的其他親人、朋友。

趙燁平白無故地得到很多寶貝，江海的遺產中，他閣樓裏那些書籍才是真正的無價之寶，當然那些東西在普通人手裏還真算不上什麼，可對於醫生來說，卻是無論花多少錢都買不來的。

現在，這些寶貝都屬於趙燁了。如果說趙燁沒有貪婪之心是不可能的，可無緣無故接受江海的財產，他也不能心安理得。

他跟江海兩個人興趣相投，兩個人在一起總能玩得很高興，但這不代表趙燁可以安心的接受他的東西。

趙燁爲此發愁，他每天都躲在江海的屋子裏，在那滿是紅木書櫃的書房看書思考。

競爭最佳新秀醫生成了泡影，趙燁哪裏也不用去，於是他成了徹徹底底的宅男。

不知不覺過去了兩周，隆輝醫學研討會在漫長的手術以及沒完沒了的報告中結束了。最佳新秀醫生是多多，當她與趙燁合作的時候，就已經確定了這個獎。然而另一個獎項卻出乎意料地由趙依依獲得。

這個漂亮得如明珠般耀眼的美女，怎麼看都不像醫生，人們很難將智慧與美貌聯繫在一起。

當她走向領獎台的時候，人們又發現這次得獎的竟然都是女醫生，不由得讓大男子主義者們十分不滿。

唯一高興的男人或許是多多的老師周諾，這位怪才醫生很慶幸自己的學生能成為年輕一代的佼佼者。

作為名醫他不能放下架子，跟趙依依這樣的醫生比拚，於是他們這樣的名醫就開始利用自己的學生來明爭暗鬥。

周諾覺得這次多多贏得很僥倖，這裏年輕而有才華的醫生非常多。多多能擊敗他們並不容易，很多人都應該比多多更有機會，特別是跟多多合作手術的趙燁。如果趙燁不是中途退出爭奪，恐怕最佳新人獎項多多根本拿不到。

多多看著祝賀的人群，看著替自己高興的老師，她怎麼也開心不起來。她看著手裏的證書，以及象徵著榮譽的小獎盃，這些夢寐以求的東西，此刻她都不在乎了。

因為多多覺得這些東西並不屬於自己，起碼不真正屬於自己，如果趙燁沒有中途退出，或者自己不是運氣好和趙燁完成了那台技驚四座的腦幹動脈瘤手術，那麼這獎項就不會屬於自己。

多多想見見趙燁，可從那次手術以後，趙燁就消失了，然後她就聽說趙燁因為私自帶患者出院，而被取消了參加醫學研討會的資格。

多多覺得趙燁可能是受了打擊，躲在什麼地方不出來了。她越想越有可能，因爲她平時生氣了、害怕了就喜歡把自己關在浴室裏，或者躲在被窩裏不出來。

多多越想越擔心，她推了推那厚重的黑框眼鏡，鼓起勇氣走到趙依依身邊，她其實有些害怕趙依依這個漂亮姐姐，也不知道是什麼原因，或許她覺得趙依依是趙燁的長輩，害怕她不讓自己找趙燁吧。

「姐姐，我想問問，趙燁去了哪裏，我很久沒看到他了。」多多的聲音細弱猶如蚊子。

「躲在他的新家裏，你要找他就快去吧，或許明天我們就要離開了。」趙依依其實並不可怕，相反她還是挺喜歡多多的，微笑著告訴了多多趙燁的地址。

多多知道地址後立刻去找趙燁，作爲主角的她甚至沒參加隆輝醫學研討會的閉幕晚宴。這讓她的老師周諾極爲惱怒，然而他發現的時候已經晚了，多多已經不知道跑到哪兒去了。

把自己關在書房裏的趙燁，可沒想到多多這個帶著大眼鏡的迷糊女孩會突然到訪。更不會想到她是拿著最佳新秀醫生的榮譽證書以及獎盃到訪。

「你是來對我說，你拿到最佳新秀醫生獎項的麼，是在向我炫耀嗎？」趙燁故意板起臉，開玩笑道。

多多一聽急了，趕緊將獎盃跟證書放下，著急地解釋道：「不是的……我是來把這些東西送給你，是……」

著急的多多越說越不清楚，著急的她恨不得立刻將自己的心掏出來讓趙燁看看。

「我開玩笑的，恭喜你得到最佳新秀醫生的獎項。」趙燁覺得玩笑開得有點過火，於是不再作弄多多。

「不，我覺得這獎項應該是你的。如果你參加了後面的項目，你肯定是最佳新秀醫生。」多多認真地說道。

「我沒興趣了，現在我得到了更有價值的東西。」趙燁說著從桌子上拿起一本寫滿字的筆記，對多多說：「這是我最近的收獲。」

多多接過那本筆記，筆記的內容是講述針灸麻醉的應用，裏面詳細地記載了數十套針法，以及上百種應用。厚厚的筆記有幾百頁，很難想像這些都是趙燁在短時間內弄出來的。

爲了寫出這些東西，趙燁幾乎不眠不休地做試驗、搞研究，然後將那些東西記錄下來。

趙燁著急弄這些東西的理由很簡單，爲了江海，這位老人希望能夠留下點東西在這個世界上，現在他的願望已經實現了。

趙燁將這本筆記的作者署名爲江海，而他趙燁的名字只出現在助手上。他會將這本書出版，也算是幫江海完成了他最後的心願，替他在這個世界上留下濃重的一筆。

一直到許多年以後，這本書成爲醫生們的必修課，而江海這位知名的老中醫，則被人尊稱爲針麻之父，然而卻沒有人知道，真正的開創者其實另有其人。

多多拿著趙燁的筆記看了看，沒什麼興趣，她將筆記還給趙燁，說：「不管你怎麼想，我覺得最佳新秀醫生非你莫屬，我們這一代年輕的醫生誰都比不過你。我這個獎盃你不收，證書你也不要，那我送你其他禮物你收下好麼?作爲我們友情的紀念。」

多多說著從口袋裏掏出一個陶瓷玩偶，雙手舉著，虔誠地遞給趙燁。

那是一個很奇怪的東西，甚至讓人看不出到底是個動物，還是個人物。

趙燁是男人，當然不喜歡玩偶，可多多一番心意趙燁也不好拒絕。他接過那個小玩偶發現，這東西應該是多多自己製作的，雖然很粗糙又不好看，然而這卻是多多的一番心意。

「謝謝你，我要回去了，也不知道以後再見面是什麼時候，我也沒什麼東西送給你，我就把我們合作手術那次用過的銀針送給你吧，希望我們以後還有合作的機會。」

多多很喜歡趙燁的禮物，更加期待日後的合作。她不知道下一次合作是什麼時候，也許是一年、十年，或許永遠都沒有，然而多多卻不管那麼多，只要有希望，她就會高興地等下去。

趙燁已經決定離開，這裏的事情都處理得差不多了。江海的葬禮以及他的心願都完美地達成了，另外讓趙燁最頭疼的遺產他也有了打算。

他始終不能心安理得地接受這些，所以趙燁選了一部分捐獻給國家。

趙燁期盼著能為國家帶來更多的，如雲南白藥那種國寶級的東西。

另外一部分是江海家族的醫術經驗，趙燁決定先留下，他想將來有能力了，可以開辦學校，將這些東西公之於眾。

一個人的醫術無論怎樣高超，都是有限的，如果能開辦學校培養醫生，那樣醫治的人才是無限的。

當趙燁決定無私地將江海留下的遺物捐獻出去的一剎那，他覺得自己特崇高，特偉大。然而現實卻沒趙燁想像的那麼美好，因為沒有人接受趙燁的慷慨，更沒有人欣賞他的崇高與偉大。

趙燁天真地跑到政府辦公大樓，說明了自己要捐獻的意思。本以爲會受到熱烈的歡迎，可他得到的回答卻是不屑的眼神以及一句話。

「我不管這個，你去文化局吧。」

於是趙燁又跑去文化局，求爺爺告奶奶的總算是找到了相關負責人，一個看報紙喝茶水的胖子。

「我有東西要捐。」

「對不起，我替災區人民感謝您，但是我這裏不接受捐獻給災區的物資。」胖子頭也不抬繼續看報紙。

「我要捐獻的是文物，古書。」趙燁說著將早就準備好的資料拿了出來。

胖子聽到文物兩個字還小小地興奮了一下，聽到古書的時候頓時沒了興趣，就連趙燁的資料都懶得看。

「資料我們會看的，你先放在這裏，回去等消息吧。」

趙燁聽到這句話就知道沒戲了，打官腔最經典的就是告訴你回去等消息。失望之餘的趙燁轉身離開，此刻那胖子似乎讀報紙讀到了關於醫生的問題，有意無意地說了句，「這年頭啊，醫生認錢不認人，這社會沒救了。」

那副憂國憂民的樣子，以及那感染力頗強的感歎聲，猶如驚雷讓趙燁虎軀小小一震，他終於明白了什麼叫做志大才疏，什麼叫做眼高手低，什麼叫做愚蠢，於是他轉身將資料拿了回來。

趙燁決定暫時不捐獻這些東西，因爲他不敢保證這些東西捐獻出去之後，不會被當成廢紙扔掉。

趙燁這段獻寶的經歷讓他滿心痛苦，可這痛苦在趙依依眼裏卻成了笑柄。在回學校的路上，趙依依聽趙燁複述了這段經歷後，先是對趙燁接受的遺產很關心，瞭解情況後就變得毫無興趣。

「一堆醫書，或許對江海是無價之寶，對我們醫生很有用處，但是對那些文物部門還不如一座清朝古墓值錢。」

趙燁也明白其中的道理，可他卻無法接受這樣的現實，無法接受把一切都用金錢來衡量。

「你別說得這麼不堪行嗎，江海祖上三代御醫，他們留下的家業都在戰亂中敗了，唯一留下的就是這些書。」趙燁不悅地道。

「不是潑冷水，目前來說還真沒有用，你說它是古方、國寶，可誰相信呢？江海是有名的中醫不錯，可他也沉寂了快十年了，並且在醫術上也沒達到登峰造極的地步，起碼比起他那些御醫祖先差多了。」

「想要證明他們是國寶，首先要證明他們有價值，證明那醫書、古方都是頂尖的東西。那些事情還很遙遠，目前最重要的是你順利畢業，我當院長。」

趙依依一番話猶如醍醐灌頂，一語驚醒夢中人，趙燁終於明白了問題的所在。知道了問題，明確了目標後，趙燁終於不再愁眉不展。

明白了問題就要去解決問題，趙燁從來不怕困難。至於趙依依後面所說的畢業，趙燁根本沒聽進去……

第四劑

紅包陷害事件

「趙主任，一定要給我用最好的藥物，給我最好的治療。」病人說著，從兜裏掏出一個信封，「一點小意思，不成敬意。」

「這我不能收，你既然想住院那就來吧，先做一些檢查跟對症治療。」

「錢你收下，要不然我就不住院了。」

趙依依對著紅包歎了口氣，她甚至沒打開那紅包，直接叫來一個護士，指著裝滿錢的信封說：「安排個床位，這些錢就是住院費。」

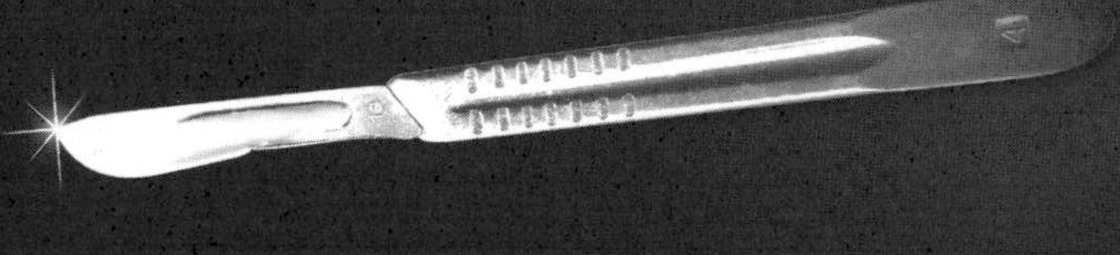

高速公路兩旁的樹木飛快地倒退，沒一會兒樹木變成了樓房，最後窗外的景色不再變動，定格爲白色的大樓，大樓上幾個龍飛鳳舞的金色大字：長天大學附屬醫院。

趙依依覺得自己無比英明，當時她聽從了趙燁的建議，用一招以退爲進，不但避開了李中華咄咄逼人的氣勢，更讓她趙依依成爲了長天大學附屬醫院的英雄。

隆輝醫學研討會算得上是國內頂尖的學術會議，趙依依能夠獲獎，著實讓長天大學附屬醫院出盡風頭。整個醫院都爲趙依依而驕傲，甚至還讓長天大學附屬醫院跟隆輝集團簽訂了一份價值上億元的採購協議。

榮耀是趙依依一個人的，此刻的她成爲長天大學附屬醫院的英雄。崇拜英雄是人類的特性，人們在此刻徹底將號稱長天大學附屬醫院二十年來第一刀的腫瘤科主任李中華忘記了。

現在，人們的眼中只有趙依依，下一屆院長人選的名字就是趙依依。

趙燁雖然是趙依依這次成功的幕後策劃，然而榮耀似乎永遠跟他無關，他依然是位幕後英雄。

回到醫院後的趙燁背著一大包的書，沒有過多停留，直接回到他的出租屋。雖然這些天趙燁一直住酒店，可他還是最喜歡自己溫暖的小窩，儘管很舊、很亂。

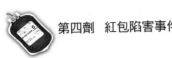

看到久違的家，趙燁不由感覺一陣溫暖，他站在窗前，數到第三個花盆，掀起。趙燁平時都是將鑰匙藏在這裏的，可現在下面竟然什麼都沒有。

趙燁慌了神，心想自己藏的鑰匙怎麼會被別人發現。這小偷也太厲害了，他家那破門不過是一腳就能解決的問題，何必用鑰匙呢？

再說他那出租小屋裏並沒有什麼值錢的東西，最貴的就是那台筆記型電腦，可那也是用了三四年的老爺機了。

當趙燁伸手推門的時候，那門竟然自動開了，他心裏頓時涼了半截。小偷看來是真的光顧了，臨走的時候竟然也不把門關好，真是沒有職業道德。

「被盜就被盜吧，反正也沒什麼值錢的東西。」趙燁安慰著自己，比起這次的收獲，眼前這點小損失算不了什麼。趙燁想起身後背包裏的書籍，再也不在乎眼前可能面臨的小損失。

趙燁做足了心理準備，想像了房間裏無數次被小偷蹂躪的慘狀，然而輕輕地推開門，卻發現屋裏的情況還是超出了他的想像。

「難道小偷還在我房間裏住了不成？」趙燁喃喃自語道，他發現房間裏竟然收拾得一乾二淨，而且屋裏所有的物品都在原來的位置上沒有變動，就連他那台老爺電腦都安靜地躺在桌子上。

「這是怎麼回事呢，看來不是小偷光臨。」趙燁將背包摘下扔在床上，然後不敢相信地看著房間內的一切。

小的時候，趙燁聽說過那類仙女、妖精類的美好古老傳說，於是開始幻想他是不是幾輩子以前救過什麼小動物，或者做過什麼感動上天的好事，於是有妖精或者仙女來報恩……

趙燁在胡思亂想的時候，聽到了些許聲響，趙燁的房間不大，他很快確定那聲響是從廚房傳來的。

幻想歸幻想，趙燁可不會真的認爲有鬼靈精怪的東西來報恩，他更不覺得自己前幾世會是什麼善良的傢伙。

躡手躡腳地走到廚房，趙燁驚奇地發現廚房裏竟然有位留著齊瀏海，穿著胸口帶有卡通圖案衣服，瞪著美麗的大眼睛的「蘿莉」（註一）。

「趙燁，你回來啦。」「蘿莉」的聲音很甜美，她看到趙燁非常高興。

「聽聲音很熟悉，看你的樣子更熟悉，不過你是誰啊？」

「蘿莉」的表情由高興轉爲憤怒，由憤怒變爲爆發，她那穿著小布鞋的柔軟的小腳，狠狠地踩在趙燁的腳背上。

或許是暴力喚醒了趙燁的記憶，他突然想起來，自己走那天，將房子交給俞瑞敏看管。趙燁最大的優點就是能隨機應變，他不顧疼痛一把拉住俞瑞敏說：「小魚兒，你太不可愛，我不過是開玩笑。對了，這幾天發生了什麼事？你怎麼這一身打扮，這變化也太大了……」

「不好看麼？」

「好……好看，就是變化太大。」趙燁吞吞吐吐地說，俞瑞敏在趙燁的印象裏，一直是個穿著中性服裝，喜歡給他找麻煩，卻總是被他弄得灰頭土臉的小笨蛋。

可短短一個月，趙燁心中那個小魚兒笨蛋，竟然活脫脫變成了一隻可愛的小蘿莉。

人總是會改變的，只不過所需的時間不同，也許十年、也許一年、也許是一個月。

俞瑞敏這個喜歡穿著中性衣服，在長天大學論壇上被稱爲瘋狂小爺們，上大學第一天就在門口買遊戲的傢伙，竟然只用一個月就完成了大轉變。

對於她這樣的轉變，很多人都無法立刻接受，甚至趙燁都覺得她的變化實在太突然。趙燁還記得，第一次在校門口跟俞瑞敏見面，那個時候的她，短頭髮、小平胸，一點都不像女孩。

當然他也記得，李傑評價俞瑞敏：「十七歲，一米五八，七十二、五十二、七十八，三圍太差勁了點，不過這女孩體質特異，腰身輕盈靈活，你看她走路搖曳生姿，曲線玲瓏，只不過她發育緩慢，如今還是個童女，按照你們的說法就是還未月經初潮，如果她成長起來，那當真是絕世尤物啊。」

趙燁對李傑有點近乎於盲目地崇拜，他覺得也許李傑的預言成真了，俞瑞敏真的要變成絕世尤物。

作為當事人，其實俞瑞敏就是想變得漂亮點，在她那無比匱乏的想像力中，她覺得最漂亮的就是動畫片裏那些女孩。

俞瑞敏弄了個齊瀏海的小捲髮，穿著胸口繡著卡通人物的上衣，還有她那有著長長睫毛的美麗大眼睛，如果她再弄個蝴蝶結，恐怕就是正品的蘿莉了。

趙燁不是怪叔叔，更不是「蘿莉控」（註二）。可是當趙燁和俞瑞敏一同走在大街上的時候，所有人都在看這兩個人。趙燁的耳朵非常靈敏，或許是經常聽診的緣故，他可以聽到大街上人們細微的談論聲。

「變態啊，幼女都騙！」

「好漂亮的蘿莉，好猥瑣的大叔！」

「戀童癖，壞人啊！」

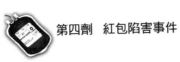

趙燁很想哭，他年紀並不大，二十出頭根本同大叔不沾邊。而且俞瑞敏已經十七歲了，馬上十八歲成人了，只不過她發育太差，好像小蘿莉而已。

趙燁的老是讓俞瑞敏顯出來的，這一點他也沒轍，更加沒轍的是他要陪著俞瑞敏出來玩，以報答俞瑞敏幫他看家與收拾屋子。

如果和異性單獨出來就算約會，那麼對於俞瑞敏來說，這就算是第一次約會。身體發育遲緩的她，心理上的發育也是異常遲緩。

她還記得上高中的時候，同學中已經有人開始了朦朧的愛情，而她卻傻傻的不知道，有時候還當電燈泡。

現在的俞瑞敏與那時判若兩人，她第一次化妝，第一次嘗試著打扮自己，更是第一次單獨與異性出門，第一次嘗試到與喜歡的人在一起那種美妙的感覺……

她喜歡跟趙燁在一起的感覺，喜歡扯著他的衣服，跟在他後面。而趙燁則談不上喜歡和俞瑞敏一起出來，但也談不上討厭。

快樂的俞瑞敏蹦蹦跳跳猶如快樂的小鳥，拉著趙燁到處閒逛，他們的路線很明確，先是逛街，然後再找一家餐廳吃飯，最後再回家睡覺。

趙燁相信俞瑞敏完全轉變成了女人，因爲她連女人愛逛街的特性都學會了，從一個店面跑到另一個店面，永遠不知疲倦，滿懷欣喜，好像這些店面都是她的私有。

他們走了將近兩個小時，專賣店、小店面、大商場他們都逛了，趙燁覺得自己腿都走細了。於是他決定休息一下，可他的提議明顯不能讓俞瑞敏停止購物。

此刻，路邊的抓娃娃機吸引了趙燁的注意力，他長長地舒了一口氣，彷彿看到了救星，看到了幸福的曙光。

趙燁提議投一個硬幣去換個娃娃玩玩，不料俞瑞敏對著可愛的娃娃雖然表現出很喜歡的樣子，卻淡淡地說：「這東西都是騙人的，根本抓不住，而且這個機器說有十五秒時間，實際上只有十秒左右……」

俞瑞敏之所以知道這麼多，是因爲她在這裏面花了不少冤枉錢，她特別喜歡娃娃機裏的幾個娃娃，可是就是抓不出來，在其他的地方又買不到。

趙燁沒理會她，只眯著眼睛，微笑著掏出一枚硬幣投了進去，機械手臂在趙燁的控制下慢慢地抓下去，那娃娃被機械手臂抓起，緩緩地移動後又鬆開手臂。

俞瑞敏驚叫著抓起滾出來的娃娃，不可置信地望著趙燁。

「你怎麼這麼厲害？」

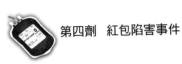

「還有更厲害的，等我去換零錢。」

換來零錢的趙燁成了投幣娃娃機老闆的噩夢，他爲了吸引更多人投幣，裏面的娃娃都是他費盡心思弄來的，當然價格昂貴的娃娃不會讓他虧本，因爲被他做過手腳的機器，幾乎沒人能把娃娃抓出來。

可趙燁根本不在乎這機器是不是被動過手腳，他每次都能很輕鬆地抓起最漂亮的娃娃，那被動了手腳的機械手臂，在趙燁這裏成了最聽話的機械，趙燁想抓哪個就抓哪個。

俞瑞敏指著任何一個她想要的，趙燁總是能滿足她的願望。沒一會兒工夫，她已經拿到了所有想要的娃娃。

「好了好了，再多我就沒辦法拿了。」

「正好我硬幣也沒有了，走吧。」趙燁看著欲哭無淚的老闆，以及滿載而歸的俞瑞敏，特別高興。

「你怎麼會這麼厲害？」

「我是醫生啊，微創手術時使用的機械臂比這個更難。」

微創手術就是用內窺鏡觀察，用機械臂進行操作的創傷小、疼痛輕、恢復快的手術。

俞瑞敏不懂這些，她只知道今天收獲頗豐。

趙燁看到她滿足的樣子，於是乘勝追擊提議去吃飯。俞瑞敏也感覺餓了，點頭同意，於是兩人開始討論去哪裏吃飯的問題。

「去飯店還是酒店呢？」趙燁做思考狀。

「有區別麼？」

「當然有，飯店只能吃飯，酒店可以睡覺……」趙燁其實是在開玩笑而已，卻把俞瑞敏說得面紅耳赤，趙燁喜歡看俞瑞敏害羞尷尬以及生氣的表情，口裏嚷嚷著去酒店，最後卻帶她走進了一家普通的飯店。

參加了隆輝醫學研討會的趙燁只有一天休息時間，而這一天的休息時間都耗費在陪俞瑞敏逛街上。

趙燁最痛恨逛街，然而這一天他卻覺得很快樂，特別是看到俞瑞敏抱著一堆娃娃時，那快樂的表情。

第二天一早，趙燁早早起床，穿著他那非主流小風衣的白大褂繼續他的實習生涯。在離開醫院參加醫學研討會的這一個月裏，趙燁醫術進步了很多，無論在手術上還是在中醫理論方面，都取得了突破性的進展。

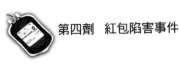

趙燁有種脫胎換骨的感覺，不過他的身分依舊是個菜鳥實習生，他還要參加實習工作，實習對趙燁來說也不是完全沒有用，最起碼查房是獲取臨床經驗最多的途徑，而趙燁缺乏的正是經驗。

趙燁希望自己儘快成長起來，因此他不能有一絲一毫鬆懈，昨日那種快樂與放鬆，對趙燁來說就是一種奢侈，甚至有些罪惡。但趙燁每次想起那天的快樂，都會露出真心的笑，儘管很短暫。

患者不喜歡實習醫生，更不會給他們機會拿自己當實驗品，這是出於自我保護的目的本是無可厚非。趙燁曾經想，拿到最佳新秀醫生稱號後，就可以隨心所欲的給患者看病，可這個目標也沒有達成。

趙燁不得不另想辦法，如果循規蹈矩做一個實習醫生所做的，他是不會滿足的！因爲實習醫生每天只有查房時候才能夠真正的與病人接觸。也許有人覺得這有點假，因爲實習醫生畢竟也是醫生，他們可以自己去看病人啊。話是這麼說，實際上，實習醫生根本沒有機會。

醫生在病人的眼中，就是穿著天使衣服的惡魔，他們吸血，殺人，卻拿著高報酬。

醫生與病人成爲對立的雙方，患者對醫生始終有戒心，醫生得不到尊重，雙方矛盾對立，誰都得不到好處。這要拜媒體所賜，拜某些別有用心的人所賜。

趙燁實習也有一段時間了，很明白早上查房的重要，經驗欠缺的他幾乎是一路豎著耳朵傾聽。趙依依似乎沒被獲獎的榮耀以及權利的鬥爭所影響，她認真地觀察每一個病人，細心地問候，精心制定治療計畫，敬業精神讓人敬佩。

美女總是讓人喜歡，無論男女老幼，對趙依依都是和顏悅色，積極配合治療，趙燁也跟著沾光，很多簡單的檢查都是趙燁動手，病人們也沒有以前那種不悅。

病人很多，趙依依的查房也很仔細，待查房完畢的時候，已經過去了兩個小時。兩個小時不停地跟病人說話，即使再精力充沛也會感到勞累。

「你不會每天都這麼查房吧，或者今天特意給我講課，才弄了這麼久？」

「哈，你倒是自作多情，這是我的工作職責，有沒有你都一樣。」趙依依並不停步，「現在肯定有病人在等我回去，快走吧。」

趙依依估計得沒錯，辦公室的確有病人。很年輕的病人，戴著鴨舌帽，一身休閒裝，趙燁很職業地瞥了這男人一眼，用的是變態大叔李傑教的方法。

病人來了第一件事要望診，然後再詢問病史，如果僅僅以望診來衡量一個醫生，那麼趙燁無疑是頂尖的。

「依依姐，這病人給我處理吧，你在一邊看著，行不？」

「什麼時候這麼乖了，這病人就給你處理。」趙依依將患者交給趙燁，她會在一旁看著趙燁處理，如果有問題她會立刻指正。

老醫生帶年輕醫生都是這樣，挑選簡單的病人給年輕醫生，讓他獨立診治，然後再指正錯誤。

戴著鴨舌帽的患者看起來很健康，這樣的病人趙燁通常看都不會看一眼，可他今天卻對這個患者非常感興趣。

趙燁眯著眼睛微笑著，笑得「鴨舌帽」患者心理發毛，坐立不安。

「鴨舌帽」其實等了很久了，不過他並沒表現出一點兒不耐煩。這如果在其他的科室或許很正常，但這裏是急診室。

他拒絕了所有醫生，專門等趙主任回來。很多人猜測或許這小子不是看病的，而是被趙依依的美貌吸引來的。

「鴨舌帽」看到趙依依的時候，趕忙站了起來，然後露出痛苦的表情，「趙主任，救命啊，我好痛苦啊。」

痛苦似乎來得比什麼都快，而誘因無疑是趙依依。其實每天都有這樣的人跑來急診室，專門找美女主任看病，這也是趙依依將病人轉給趙燁的另一個原因。

「你怎麼不舒服啊？」趙燁微笑著，站在了「鴨舌帽」的面前，擋住了他的視線。

「我頭暈，頭痛……」「鴨舌帽」一口氣說出了好幾個症狀，好像病得很嚴重的樣子，說得趙依依直接陷入思考中。

「鴨舌帽」一副可憐兮兮的表情想吸引趙依依的注意力，可他看到的卻是趙燁那笑嘻嘻的臉：「你家裏是不是有心臟病家族史啊？肯定有，一般有心臟病的人，手關節會比別人粗一點。」

「鴨舌帽」聽到趙燁的話，下意識地摸了摸自己的手指，關節似乎真的比別人粗。

「還有你最近腰痛，是不是喝了什麼水啊，又或者夜生活太多了，你可能腎臟有毛病，最近尿很黃吧？」

「鴨舌帽」不易察覺地扭了扭腰，感覺的確有點痠痛，再聯想一下最近的生活，以及尿的顏色，他開始冒虛汗。

「你的手有點發紅，一般人都會覺得是肝可能不好。但我告訴你，這不一定。根據最新的研究，可能是癌症早期，一般有家族病史的可能性比較大……」

當「鴨舌帽」聽到癌症的時候，已經心裏發虛了。怎麼自己一個好好的人，到了這裏全身都是病呢？

急診室裏其他的醫生看到趙燁煞有其事地給人看病，差點笑死，如果趙燁不是趙依依的嫡系，恐怕這幾位老師要當面糾正趙燁的錯誤了。

二流醫生看熱鬧，一流醫生看門道。其實很多聰明的醫生已經發現趙燁說的並不是胡扯，即使是騙人也是有根據的，其中感觸最深就是當事人了。

「鴨舌帽」覺得眼前這個醫生句句在理，他的親戚的確有得心臟病的，還有幾個遠親似乎是得了癌症……

趙依依不明白趙燁爲什麼要捉弄這可憐的病人，不過她也沒拆穿趙燁，只是輕輕地說：「好了，去做一下體檢吧。」

「鴨舌帽」覺得可能是被耍了，他看到趙依依閉口不談趙燁剛剛說的症狀，再看趙燁的胸牌不過是一個實習生。

他隱約感覺趙燁說的都是假的，可是這假的也太神奇了，雖然知道自己沒有病，可趙燁那些話猶如夢魘，始終揮之不去。

「根據你述說的症狀，需要做幾個檢查。」趙依依說著寫了幾張單子，遞給「鴨舌帽」。

「趙主任，我想住院，我這病我很清楚。」

「你不需要住院。」

「我需要，趙主任，一定要給我用最好的藥物，給我最好的治療。」「鴨舌帽」說著從兜裏掏出一個信封，「一點小意思，不成敬意。」

明目張膽地送紅包。

根據趙燁的目測，那信封裏的錢起碼有三十張，也就是最少三千塊錢。

「這我不能收，床我可以給你弄一個，你既然想住院，那就來吧，先做一些檢查跟對症治療。」

「錢你收下，要不然我就不住院了。」

「那好，讓我的學生來給你辦住院手續吧。」

「鴨舌帽」看到趙依依將錢收到包裏，終於鬆了一口氣，然後站起來跟趙燁辦入院手續去了。

主任辦公室內的趙依依對著紅包歎了口氣。她甚至沒打開那紅包，直接叫來一個護士，指著裝滿錢的信封說：「安排個床位，這些錢就是住院費。」

「鴨舌帽」跟在趙燁後面一路走出急診室，看著趙燁年輕的背影，「鴨舌帽」終於忍不住先開口說話了。

「小兄弟貴姓？」

「免貴姓趙，趙燁。」

「我姓黃，黃立。小兄弟，我想知道你剛剛說的那些話都是真的麼？」「鴨舌帽」還是不放心，他真害怕趙燁說的是真的，對於生命他可是非常愛惜的。

「你今年應該是三十四歲，七十四公斤，一百七十六公分。我不僅知道這些，我還知道你昨天夜裏沒睡覺，似乎跟女人纏綿了一夜。在那之前還喝過酒，應該喝了很多。」趙燁瞥了他一眼說。

「你真是神醫啊！你怎麼知道的，那你之前說的都是真的了，我真的得了那麼多病啊？」黃立吃驚地說道。

趙燁怎麼知道的，當然是看出來的，望診是一門複雜的學問，而趙燁無疑將這門學問掌握得很好。

黃立走路腳步虛浮，肯定是縱欲過度，脖子上有女人淡淡口紅印，肯定是昨天跟女人一起了。至於喝酒，趙燁是猜測的，因爲男人們出去找女人一般都要喝酒，特別是有人請客的時候。

另外，所謂的癌症跟心臟病，現代社會這種病太多了，一般人都會有親戚得這個病。特別是大家族，這小子年紀輕輕穿著價值不菲的名牌，按他的工資是買不起的，想都不用想，黃立家族勢力不小，肯定是某有錢人家的公子。

「當然是真的，不過你別擔心，留個電話給我，我會給你想辦法的。」趙燁淡淡地說。戴著鴨舌帽的黃立一聽，趕緊把電話留給了趙燁，在他眼中，趙燁已經成了神醫，儘管他很年輕。

黃立將抄好的電話號碼遞給趙燁，奇怪的是，他竟然只對趙燁說了聲謝謝。對不瞭解自己病情的人送了三千塊錢，而對能救命的人只說了一聲謝謝。

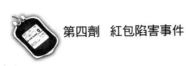

回到主任辦公室的趙燁，一屁股癱軟在主任辦公室的沙發上，然後很囂張地將雙腳放在茶几上，漫不經心地對趙依依說：「趙老師，今天學生是真學到東西了，學會醫生如何撈錢，如何弄灰色收入了。」

趙依依知道趙燁這是不滿意了，但她也不惱怒，而是笑著說：「那我就再給你上一課，你知道麼，這錢我如果不收，病人是不會離開的。你知道我一天要收多少病人麼，我不能只管他一個人。」

「這也叫理由？」趙燁不屑道。

「當然是理由，這錢我會直接打到病人的帳戶上，當做他的醫療費用。病人以後會明白的。我還不缺這三千塊錢，更沒有必要在你面前收錢。而且醫生的灰色收入可不是這些，紅包已經過時了。醫生有自己的遊戲規則，在大醫院已經沒有人收紅包了，這些人的眼光看得更長遠。現在，每位醫生都墨守這個規則。」

趙燁突然覺得自己很小人，三千塊錢雖然不少，但對趙依依的確算不上什麼，甚至不夠她買一雙鞋子，她沒必要在自己面前收錢。

趙燁已經後悔了，他輕輕地對趙依依說：「哎，姐姐，其實我是想提醒你，剛剛那病人似乎是記者，他已經把你收錢的錄影都偷拍下來了。」

「什麼?你怎麼知道的，怎麼不早說？」趙依依近乎發狂地叫道。

她剛剛才得了隆輝醫院的獎項，個人聲望達到了最高點，如果這記者把剛剛錄下來的東西發佈出去，後果不堪設想。

「我怎麼知道你是不是真的要收這三千塊錢啊？」如果她真的收了紅包，被媒體曝光受點小懲罰也是應該的，他絕對不會插手。但是趙依依沒有收紅包，那就另當別論了。

其實趙燁發現那個人是記者，也是在趙依依收了錢以後，最開始的時候趙燁只覺得奇怪，奇怪這個健康的病人怎麼會跑來看病，還要求住院。所以就注意觀察了一下，最後發現他藏在袖子裏的針孔攝影機，才明白他是個記者。

「哎，這記者明顯是來找碴的，肯定是李中華派來誣陷我的。只有對我非常瞭解的人才知道，我從來不收紅包，可也從來不拒絕紅包。那戴鴨舌帽的傢伙肯定不會住院，這錢是打不到他帳戶裏去了。」

趙依依黛眉緊皺，秀麗的臉龐露出些許愁容。原本以爲那醫學研討會上的勝利足以將她推上院長的寶座，她也想到李中華不會善罷甘休，處處提防小心，卻沒想到竟然會在紅包的問題上栽跟頭。

「別擔心，我保證你沒事。」趙燁歎了口氣，他有些後悔，應該早點提醒趙依依，只能怪他對趙依依不夠信任，當趙依依收紅包的時候，他還以爲她真的見錢眼開，此刻知道了真相後，他也後悔不已，決定幫她渡過難關。

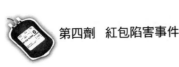

「你是在安慰我吧，你有什麼辦法，李中華這個混蛋，不遵守遊戲規則，我已經做出讓步了，而且眼前大局已定，他難道還不甘心，難道他還想鹹魚翻身？」

「這次是我的錯，我應該早點提醒你，我保證會幫你解決問題。」趙依依沒想到趙燁會把這事攬到自己身上，心底升起一陣莫名的感動。

感動歸感動，事情不能只靠別人，她要自己解決。

可趙燁卻不這麼想，此刻他自信滿滿地掏出記著黃立電話號碼的紙條，撥通了他的電話。

趙燁約了黃立看「病」，這是他留的後手，不管怎麼樣，趙依依都是他的老師、朋友、姐姐……即使趙依依真的收了紅包，趙燁也只會讓她受到小懲罰，不會讓她真的被曝光，連醫生都做不成。

打完電話後，趙燁歎了口氣，家家有本難念的經，醫院這種地方本應該是單純的，治病救人的地方，根本不應該有這麼多鉤心鬥角。可是有什麼辦法呢，社會就是這樣，醫院也是這樣。想專心致志地幹自己的事情，除非擁有自己的醫院。

「自己的醫院。」趙燁喃喃自語道，「浮雲啊，夢想啊。」

〔註一〕蘿莉：此詞源於俄羅斯裔美國作家弗拉基米爾·納博科夫(Vladimir Nabokov)的成名小說《蘿莉塔》，後成為流行語，泛指十二歲左右的可愛女童。

〔註二〕蘿莉控：對女童近乎偏執的喜愛者。

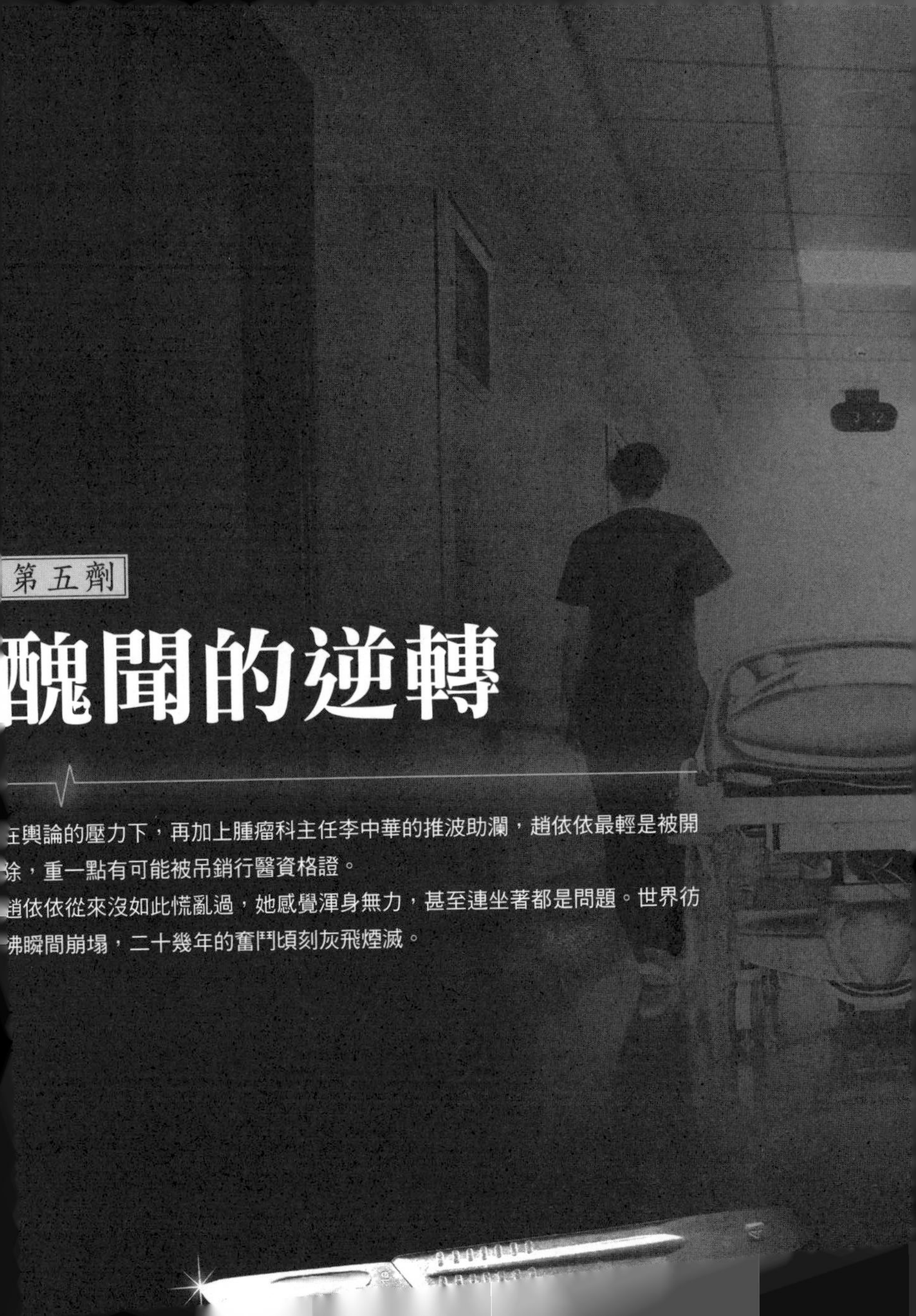

第五劑

醜聞的逆轉

在輿論的壓力下，再加上腫瘤科主任李中華的推波助瀾，趙依依最輕是被開除，重一點有可能被吊銷行醫資格證。

趙依依從來沒如此慌亂過，她感覺渾身無力，甚至連坐著都是問題。世界彷彿瞬間崩塌，二十幾年的奮鬥頃刻灰飛煙滅。

各行各業都有自己的運作方式，都有著不爲外人所知的賺錢管道。國內風氣如此，如果靠那點死工資，沒有人可以買得起房子，買得起車子。

灰色收入早已經成爲了普遍現象，教師補課、交警超出計畫的罰款、官員收受賄賂、各大企業員工上班時間接私活。

似乎在這骯髒的社會，沒有什麼人是乾淨的，可絕大多數的時候，人們的目光主要是盯在醫生身上。

因爲他們覺得醫生就應該奉獻，可他們卻沒有想，醫生又不是人民公僕，憑什麼要奉獻啊，在要求別人奉獻的時候，自己都做了什麼呢？

收受紅包、收藥品的提成是民眾指責醫生的主要原因。推動這一切的是媒體，爲了嘩眾取寵，爲了報紙銷量，無良的媒體不惜一切挖掘醜聞，甚至製造醜聞。

民眾們不知道，其實很多醫生並沒有亂開藥，並沒有索要紅包。多數的醫生是被一頓亂棒打死的。

很多的時候，一個人不能代表全部，很多時候親眼看見的，也不一定是正確的。

就像趙依依被偷拍錄影，如果僅看錄影，可以肯定她收受了紅包，可實際上，她將紅包裏的錢打入了患者的醫療費用中，如果那錄影公佈了，她只能被冤枉死。

長天大學附屬醫院雖然算不上知名醫院，可醫生們卻大多跟趙依依一樣，是不收紅包的，即使收了也是爲了讓患者安心，然後偷偷打入醫療費中。

這是長天大學附屬醫院的規則，大家墨守的規則，但這規則卻被李中華用上了。他鑽了空子，叫記者去偷拍，如果這錄影發了出去，趙依依的名譽將一落千丈，競爭院長也將徹底的無望，甚至還會被開除。

李中華算計得很好，可他卻沒算到，趙燁會識破「鴨舌帽」是記者。更沒有想到趙燁已經算好了一切。

趙依依其實並不奢望趙燁這個實習醫生能解決這件事，這事說大不大，說小卻也不小。她在記者離開以後，就已決定動用自己的力量去尋找解決的辦法，並且囑咐趙燁千萬不要輕舉妄動，只要幫忙問出他是哪家媒體的就可以了，其餘的自己來解決。

在趙依依眼中，趙燁只不過是個實習生，他能在手術上幫助自己已經足夠，她並不奢望能靠這個實習生渡過此次難關。

長天大學附屬醫學院絕大多數人覺得趙燁不過是個實習生，並沒有什麼大本事。

或許趙燁有著很深厚的背景，得到了趙依依的賞識，而趙燁似乎是那種迷戀趙依依美色的傢伙，僅此而已！

然而趙燁卻不這麼想，自己有多少斤兩自己最清楚。他沒什麼背景，沒什麼勢力！所有的一切都是靠自己的雙手，他更不是那種囂張的人，不會再幹假裝教授，或者獨自闖進手術室的事了。

但趙燁覺得對不起趙依依，錯怪了她。

如果早一點說出來，或許可以減少很多不必要的麻煩。

對趙依依的緊張，趙燁有些不屑，在他看來根本沒必要那麼麻煩，還要查那「鴨舌帽」是哪家媒體的。

對這種小記者，要點小手段，弄點小把戲就搞定了。

沒等下班，趙燁就離開了醫院，魚兒總是要上鉤的，只要有耐心跟信心，再狡猾的魚都會耐不住寂寞。

趙燁漫步在校園的林蔭路間，他已經很久沒在學校這麼悠閒地散步了。不知不覺趙燁走到一棟不起眼的建築物前。

這裏是長天大學附屬醫學院的醫務室，醫務室最大的作用就是爲校長的兩個遠親提供了就業機會，至於看病，似乎只有傻乎乎的大一學生才會來這裏，而且只會來一次。

這裏平時都沒什麼人來，或許醫務室唯一的用途就是給學生開假條，不對，應該是賣假條。

在準備轉身離去的時候，趙燁看到一個熟悉的身影向醫務室走去。漸漸地走近了，趙燁才發現兩個人的確認識。

這是位極漂亮的女孩，略施粉黛的俏臉略帶驚訝地看著趙燁，隨即驚訝的臉上泛起一層紅暈。

趙燁也沒想到能在這裏看到她，這漂亮的女孩就是菁菁，那個趙燁喝多酒在洗手間裏碰到的女孩。

或許是想起了先前的尷尬，菁菁臉紅低著頭不敢看趙燁。趙燁則裝作什麼都沒發生過的樣子，微笑著說：「菁菁好久不見，你要去醫務室？病了？」

「沒，病了誰會去醫務室啊，我是想去弄個病假條。」

好孩子蹺課是用病假條的，趙燁這樣的人蹺課是直接逃跑的。菁菁是個漂亮的女孩，長長的披肩髮，一副柔柔的樣子，略帶紅暈的美麗臉龐讓人忍不住想憐愛一番。

「開病假條我就可以啊，何必賄賂醫務室那傢伙。」

「你？你不是學生麼？」菁菁疑問道。

「我是實習醫生啊，而且是樂於助人的實習醫生哦。」

「少騙人了，實習醫生好像不能單獨接待病人吧，別當我不懂行。」

「哎，實習醫生就不能開病假條了?放心，保證你滿意，不過在這之前你要先等一會兒，順便也幫我一個忙。」

菁菁想了想沒拒絕，醫務室的醫生是個變態的大叔，看到漂亮女孩子總是想方設法地佔便宜，只要想到那變態醫生的眼神，菁菁就忍不住起雞皮疙瘩。

趙燁做事從來不胡鬧，雖然很多時候他玩世不恭，實際上他是一個心思細膩的人，任何微小的變化都瞞不過他的眼睛。叫菁菁跟在自己身邊並不是一時衝動。

「鴨舌帽」記者離開以後就沒安心過，他在長天大學附屬醫院門口轉了幾圈，最後還是掏出了手機，撥通了趙燁的電話號碼，然後急匆匆地跑去找這位神醫。

神醫大多道貌岸然，長眉白鬚，而且年紀也多在六十歲以上，滿臉的溝壑。趙燁年紀輕輕，一副玩世不恭的樣子，怎麼看都不像神醫。

「鴨舌帽」有點不信任他，趙燁也明白，所以見到他的時候也不多說，直接拉著他去檢查。

「現在我跟我的助手帶你去做兩個檢查，用現代儀器來看看你的病情。」

「也好，用儀器能直觀點。我能問問醫生，你的醫術是祖傳的麼？」趙燁只是笑笑，知道他是不放心，然後貌似高深地說，「嗯，我從三歲認識草藥，五歲開始學醫，如今也有二十多年了。」

菁菁雖然不知道趙燁底細，但卻明白趙燁這傢伙明明是個西醫，在長天大學醫學院學習了五年臨床，怎麼突然變成祖傳醫學了。然而這謊言卻讓「鴨舌帽」越發敬佩趙燁了。

到了醫院，安排了一個CT與一個核磁共振，還有幾項化驗。對於這些昂貴的檢查，「鴨舌帽」有些肉痛，但為了健康，他只能忍痛。

放射科的醫生們當然不會介意送病人來的是實習醫生，還是主任醫師，只要有病人、有錢賺，他們才不會管。

「放心，馬上就好，閉上眼睛。」趙燁拍拍「鴨舌帽」的肩膀，「對了，把你身上的東西放到這個袋子裏，金屬電子儀器等等。」

「鴨舌帽」猶豫了一下，望了望趙燁不知從哪兒找來的塑膠袋，最後還是將東西都放到了袋子裏，之後他看到趙燁根本看都不看一眼，就將塑膠袋交給一位不認識的護士保管。

此刻他才真正放心，袋子裏的東西可是關係到他的前途。

趙燁知道那袋子裏的東西就是他偷拍趙依依的隨身碟，現在趙燁完全有機會偷走隨身碟，可他不打算現在動手。

「頭顱，雙肺CT。」趙燁對放射科的醫生說。

「他什麼病，似乎不嚴重啊，需要這麼緊張麼？而且你怎麼變成中醫了，我還是第一次見到中醫還用CT的。」菁菁笑道。

「我是國醫，懂麼，未來的國醫，當然樣樣精通。至於這小子什麼病，我也不知道。我唯一知道的是，就算是健康人，拉到醫院裏百分之九十九都會查出隱匿在身體中的病。」趙燁一邊說著一邊看著電腦螢幕，他不希望錯過任何一個細節。

「停！停！停！就是這裏！」趙燁說。

「這裏怎麼了？」放射科醫生說。

「你不覺得他雙肺的紋理有點問題麼？似乎血流也有問題，肺部腫瘤？我們有更精密的儀器嗎？」

放射科的醫生看了許久也沒看到趙燁說的問題，看了看趙燁覺得他沒說謊，於是對自己的視力懷疑起來。

難道自己真的老了嗎？放射醫生想，不過聰明的他才不怕這些，放射科醫生摘下眼鏡揉了揉眼睛對趙燁說：「實習醫生吧，放射科你們也要學習的，這個報告就由你來寫吧。」

放射科醫生三言兩語就將責任推到趙燁身上，趙燁也不拒絕，抓起筆直接在CT報告單上寫著，雙肺可見細微病變，需進一步檢查核實。

「搞定了。」趙燁對菁菁說。

「他真有病？」菁菁眨著漂亮的大眼睛疑惑道。

「吸煙吸多了的人都這樣。」趙燁笑了笑說。

「哎，你怎麼總是這麼邪惡啊。」

「謝謝，我一直都這麼邪惡。」

「你怎麼這樣啊，病人不能隨便開玩笑的，去告訴他以後少吸煙就是了。」菁菁是善良的孩子，即使是對陌生人也會不忍。

「別，你可要配合我，反正你只當我助手，我保證絕對不無緣無故坑害他。」

根據長天大學附屬醫院的不完全統計，每十個住院的病人，就有三個是根本沒什麼病，住院的原因完全是心理作用。

這樣的人多半是懂點醫學的半吊子，或者最近看了什麼書，發現了身體的症狀，於是從書上找各種疾病對號入座，心理壓力增大，微小的症狀被無限放大，於是住院了。病人要求住院，醫生肯定不會拒絕，因爲拒絕的話，萬一出現什麼問題他要承擔責任，另外，住院的話，他可以增加收入，所以醫生沒有理由拒絕。

也有少數患者是遇到了無良的醫生，被騙住院的。鴨舌帽黃立無疑是後者，他遇到了趙燁，被趙燁這樣的人騙進醫院也是正常。

記者能拿多少工資趙燁不知道，但看「鴨舌帽」毫不猶豫地掏出了幾十張鈔票，而且不眨一眼，趙燁估計這小子一個月工資最少上萬。

「小趙大夫，怎麼樣？結果怎麼樣？」黃立緊張地問。

趙燁皺了皺眉頭，露出爲難的樣子，語重心長地告訴他說：「你要好好休養啊，雖然年輕，但身體不是這麼玩的。」

「那怎麼辦，我怎麼才能恢復健康啊？」趙燁的話說得很模糊，「鴨舌帽」不禁浮想聯翩，想到自己荒唐的生活，驚出一身冷汗，搶過化驗單，仔細一看多數結果都是陰性的，也就是正常的。可有幾項檢查有問題，這下他嚇壞了。

「放心放心，我給你調理調理，再吃點藥就好了。先去弄一副銀針來，然後找個僻靜的地方，我給你治療治療。」

「鴨舌帽」一聽自己還有救，立馬千恩萬謝，然後趕緊去準備銀針。

「我看他一路小跑的樣子，怎麼都不像有病啊。可他沒有病怎麼這麼信任你呢，你到底怎麼做的？」菁菁疑惑地問。

「這就是我的神通了，怎麼能輕易告訴你！」趙燁露出故作神秘的微笑，「其實很簡單，無論誰去醫院做個全身檢查，基本都能發現毛病。」

「你是說無論誰去檢查都有病？」

「差不多，現在生活節奏太快，人們生活習慣不好，環境污染嚴重都是原因，不過這點毛病根本不用在意，人體的免疫力是很強的，這些小病會自然消失。」

「好了，他回來了，一會兒你就安心做你的護士，不要亂說話。」

黃立很奇怪，爲什麼趙燁不在門診病房給他治病，而非要單獨找個屋子，可他最終沒問出口。

醫生大多都是神秘的，特別是中醫，而且還是那種祖傳的，聽說他們脾氣很怪，家族中規矩很多，或許是怕洩密吧。黃立什麼都不敢說，害怕趙燁一氣之下不給自己看病了。

「你是虛火上升，腎虛乏力……」趙燁一口氣念出無數連他自己都搞不清楚的詞語，侃得黃立一愣一愣的。

「不用擔心，我給你針灸一番就行，準備好了，我要行針了。」趙燁此刻根本不像個醫生，而像個神棍，還是那種騙人的神棍。

菁菁此刻化身爲助手，她那絕色容顏穿著身護士服，任何男人見了都會流口水。這也是黃立相信趙燁的一個原因，什麼人能有這麼漂亮的護士助手？肯定是名醫，是很厲害的醫生。

菁菁雙手托著銀針，一副乖巧的模樣。雖然她不是護理專業的，可她幹得有模有樣，不露絲毫破綻。

在趙燁的指揮下，菁菁用酒精棉球在病人身上做局部消毒，然後趙燁螺旋進針。雙手、胸部、枕部，趙燁在這幾個看起來毫不相關的地方進針，卻取得了令人驚歎的效果。黃立很快就睡著了，確切地說是被麻醉了。

中醫有種針法叫做針麻，可以在不用藥物的情況下將人麻醉，其效果跟普通的麻醉藥是一樣的，但對人體的損害卻極小，而且非常便宜。當然這需要很高的技術，普通的針灸師並不能保證麻醉的品質。

趙燁手術的時候用過針灸麻醉，這次與上次不同，上次是清醒的，而這次卻是將病人送去見周公。

「他沒事吧，你要幹什麼？」菁菁發現趙燁竟然不再針灸，而是開始翻黃立的衣服。

「找東西啊，找到了，看這個針孔攝影機……」趙燁沒幾下就找到了想要的東西，「他是個記者，很無聊的那種，偷拍了一些東西。」趙燁將這記者設計偷拍趙依依的經過跟菁菁說了一遍。

「還真是可惡的傢伙，這東西快扔了吧，免得他再找麻煩。」菁菁鄙視地看了看昏睡的黃立一眼。

「他想找麻煩是不可能了，扔了未免可惜，我們不如把內容替換掉，放點精彩的東西進去。到時候他們放出來肯定大吃一驚，真是便宜這小子了，他很快就會成爲焦點人物了。」

菁菁一聽滿臉通紅，她對趙燁的印象很奇怪，覺得趙燁這種猥瑣的傢伙口中的精彩東西絕對不是什麼好東西，說不定就是校門口小販賣的那些毛片，越想越有可能，越想越緊張。

因爲大學裏男生都是那樣，特別是趙燁這種傢伙簡直就是其中的代表。

「來，我們把這裏面的內容替換一下。」趙燁抽出存儲卡，打開電腦，輸入網址。菁菁覺得自己瘋了，她從來沒看過什麼毛片，可今天竟然跟在趙燁後面看。一想到毛片裏猥瑣的鏡頭，菁菁就有些害怕，更多則是害羞。

「你臉紅什麼？」趙燁發現了她的異樣。

「沒有啊，我臉紅了麼，哈哈，沒有吧……」菁菁故作鎮靜地說。

趙燁奇怪地看了看菁菁，然後一副恍然大悟的樣子：「哇！你不是這麼邪惡吧，你難道想找些毛片放進去？真是太壞了，太邪惡了，我都沒有這麼邪惡，我真是佩服死你了。」

菁菁差點沒氣吐血，想要解釋，卻突然語塞，她的確想過放毛片，不過她是覺得趙燁會這麼做，一時間又氣又急，臉紅紅的，可愛極了。

過了好一會兒她才恢復正常，然後才反駁道：「我才沒有，是你想這麼幹吧，怎麼硬往我身上賴啊。」

趙燁覺得再欺負她就過分了，想想剛剛她那表情實在太搞笑了，如果再繼續，趙燁怕她哭，那就不好玩了，於是慢慢悠悠地說：「我可是正人君子，在裏面放點兒什麼東西好呢？」

滑鼠輕點，電腦螢幕上播放出「鴨舌帽」偷拍的畫面。偷拍技術很高明，畫面很清晰，可以看見整個交易過程，同時還能看到當事人的臉。

「這人技術還不錯，看來不放點貨真價實的東西進去，就對不起他的偷拍技術了。」

「放什麼？」

「你等著瞧好了。」

菁菁突然覺得趙燁的笑容很怪異，同時也很熟悉，那是他要使壞時的笑容。他欺負自己的時候也是這個笑容。

菁菁開始同情起這個帶著「鴨舌帽」躺在床上裝死的記者。惹誰不好，偏偏惹趙燁這個壞蛋。今天撞到惡人手裏，恐怕會是他一生中最難忘卻的記憶了。

趙燁的計畫在針灸麻醉的幫助下得以順利實施，戴著「鴨舌帽」的記者黃立醒後千恩萬謝地走了，他怎麼也想不到，在CT室中還對自己的物品漠不關心的趙燁，竟然會在針灸的時候將裏面的內容替換了。

晚間六點的時候，是各個城市新聞的播出時間，其實正常的新聞最好是七點播出，這個道理人人都懂，包括中央電視台的領導，所以中央一套的新聞聯播在七點佔據了所有頻道。人們沒有其他電視可看，只能眼巴巴看新聞，然後從新聞的前十分得知中國社會如此和諧，再看十分鐘上級領導是如此關懷群眾，最後再看十分鐘外國如此混亂。

於是乎半個小時下來，人民明白了領導的良苦用心，如此偉大的社會主義，如此混亂的外國社會。

從小時候趙燁就很討厭新聞聯播，因爲動畫片總是在新聞聯播前播放，這讓他以爲是新聞聯播把動畫片的時間給占據了。新聞聯播通常是年紀大的人喜歡看，或者是國企員工、公務員等等，像趙燁這樣的大學生看新聞聯播是無論如何也說不通。

牆壁上的鐘指向六點鐘，馬上到了本地新聞的時間。當趙燁叼著牙籤，蹺著二郎腿坐在飯店裏要求觀看新聞的時候，飯店的老闆還以爲自己聽錯了，最後趙燁又重複了一次，飯店老闆才將電視調成新聞。

「這飯店老闆肯定以爲你是精神病。」菁菁小聲對趙燁說。

「你應該明智點，裝作不認識我才對。」

「算了吧，我才沒有你那麼冷血……」菁菁氣鼓鼓地說道。

「我可是熱心人，熱心地幫你寫假條，更加熱心地幫助我們急救科的主任擺脫困境。趙依依主任會感激我的，不對，這頓飯應該讓她來請客的，來，把電話借給我，打個電話。」

「你怎麼能確定今天的新聞一定會播出？」

「要不要打賭？」

「你有什麼好輸給我的。」菁菁不屑地道。

「我覺得你有很多東西可以輸給我啊。」趙燁壞笑著，撥打了趙依依的電話，說事情搞定，需要慶祝一番，要求速速來付賬。

在無聊的等待中，時間終於到了。

電視畫面準時轉入本地新聞，趙燁跟菁菁兩人一邊吃一邊看著電視，同時等待著趙依依到來。

很多後來的顧客都要求老闆換個頻道，可在趙燁的淫威下，他們只能跟著一起看新聞，同時用怨恨的目光看著趙燁跟菁菁。

趙依依無論走到哪裏都是焦點，儘管時間的灰燼、流年的鐫刻帶給她些許痕跡，然而天生的媚態，以及那雪雕般的晶瑩剔透，玉琢似的玲瓏無瑕的皮膚，讓每個男人都怦然心動。

飯店裏的人看到美女坐在趙燁那一桌時，紛紛感歎鮮花插在牛糞上，爲什麼趙燁這樣的人，身邊能坐著兩位美女，他們想不通，只能用無比怨恨的眼神盯著趙燁。

漂亮的女人總是禍水，趙燁感歎，不僅是那群男人，甚至菁菁都驚奇地看著趙燁，她不知道這平凡的男人身邊爲何總是有漂亮女人出現。

「依依姐啊，我可幫你搞定了，這頓飯你要請客。」

「行了，請你吃頓飯而已。不管你搞定沒有，起碼說明你盡力幫我了。」趙依依舉起酒杯，乾了一杯酒，「謝謝你！」

趙燁並沒喝下這杯酒，他知道趙依依肯定是動用自己的力量去處理這件事了，心中隱約有些不快，一杯酒下肚，感覺涼颼颼的。

其實也不能全怪趙依依，她是看得起趙燁，但也只是喜歡他的手術技術。社會太複雜，趙燁這樣的年輕實習醫生並不適合鉤心鬥角。

眼前這事關係到趙依依的前途，誰也不可能把前途壓在一個小實習生手上。

「姐姐說這話就見外了。」趙燁又喝了一杯酒，心情平復了很多，於是介紹菁菁給趙依依認識：「這是我的一位學妹，今天的事情她也幫忙了，本來我們還想給你個驚喜，可誰知道你自己竟然搞定了，看來我們精心準備的禮物送不到你手裏了。」

「什麼禮物啊？」趙依依笑著說。

趙燁剛要說話，卻發現電視上那漂亮的女主播已經開始報導關於長天大學附屬醫院的新聞了。

「本台記者近日暗訪長天大學附屬醫院，發現個別醫生……」

當聽到報導的時候，趙依依臉都白了，她不敢相信這個事實，明明已經打好了招呼，明明已經承諾了，明明已經保證不曝光的。

世事難以預料，那承諾猶如沙子堆成的堡壘，看起來雄偉壯觀，實際上一陣風就垮掉了。

這報導足以毀了趙依依的前途，如今醫患關係緊張，輿論基本上是一邊倒，全是罵醫生的報導。

在輿論的壓力下，再加上腫瘤科主任李中華的推波助瀾，趙依依最輕是被開除，重一點有可能被吊銷行醫資格證。

趙依依從來沒如此慌亂過，她感覺渾身無力，甚至連坐著都是問題。世界彷彿瞬間崩塌，二十幾年的奮鬥頃刻灰飛煙滅。

在她絕望的時候，卻發現身邊那個稱自己爲姐姐的趙燁，甚至在微笑，她此刻頭腦一片空白。

「不用擔心，看電視吧。」趙燁淡淡地對趙依依說。

電視螢幕上的漂亮女主播義憤填膺、大義凜然地說醫療工作者不負責任，又說了一些社會問題等等，終於切到了記者偷拍的畫面。

這畫面讓趙燁期待了很久，他本以爲這東西不一定會播出，因爲戴著鴨舌帽的黃立回去說不定要審核剪輯，可天知道爲什麼竟然直接放了出來。

或許是他已經剪輯過，然後才去看病，才被趙燁將內容掉包了吧。

電視螢幕上放的東西很有意思，這是趙燁用眾多電影片段拼湊而成，最後再加上配音，內容很黃很暴力，群眾高喊很好很精彩。

大致內容是這樣的：一個妓女自稱爲記者，收受了貪官的賄賂去誣陷忠良，最後忠良被陷害至死。然而忠良面對死亡從容不迫，他不怕死，怕的是內心的傷害。那群被利用的無知群眾，在他內心造成的傷害。

趙燁用的是《藝伎回憶錄》的片段，他覺得這個很符合。

貪官，趙燁用了人人痛恨的賣國賊秦檜；至於忠良，趙燁想了很久，用了著名的民族英雄袁崇煥，抵抗清朝的英雄，最後被誣陷，死得很慘。

這樣的表達任誰都明白了，電視台自己打了自己的嘴巴，承認自己是誣陷。

餐廳裏唯恐天下不亂的學生們已經開始擊掌叫好。

城市裏看新聞的人開始痛罵電視台，醫療工作者更覺得出了一口惡氣。腫瘤科主任李中華的臉猶如多變的天氣，晴轉暴雨，憤怒的他怒摔了茶杯，掀翻了辦公桌。

電視台的領導憤怒地搧了黃立一巴掌，打得他鼻血直流，眼冒金星，趴在地上很久都沒有起來。

過了好一陣，餐廳內的學生靜了下來，他們突然想起來，是靠窗戶那一桌點名要看新聞的，那他們一定知道內幕。

可當八卦黨們打算進一步打探奇人的時候，只看到空蕩蕩的桌子。

更有好事者，回到學校將今天發生的事情發佈在論壇上。名曰「神龍見首不見尾」，講述的是一個奇人，帶著兩位美女幕後策劃了這次電視台百年難得一見的新聞。

人活一世總是要經歷些大悲大喜，大起大落才算完整，在絕望中看到希望才能明白珍惜。

趙依依很少這樣高興過，原本以為職業生涯就此結束，卻不知道趙煒耍了什麼手段，竟然將內容給換了。

妓者，很貼切的形容詞。為金錢出賣身體為妓女，收受賄賂不擇手段竊取所謂的新聞的記者是出賣了職業道德，出賣了靈魂。

黃立也許會就此丟掉工作，但趙煒覺得這並不過分，對什麼樣的人就應該用什麼樣的手段，這是他應得的懲罰。

趙依依對著電話一陣亂吼，似乎是在責怪某人，然後掛掉電話說：「那群混蛋，說了幫我解決這個問題，結果還是要靠弟弟你，還有這位菁菁小朋友。那個，今天太高興了，剛剛飯也沒吃好，來，姐姐請客，咱們三個出去High一下。」

菁菁很在意趙依依對她小朋友的稱呼，她看了看趙依依的胸部、臀部，再看看她那散發著成熟女性魅力的身體，不得不承認，跟人家比，自己就是一個小朋友。

如果趙燁知道菁菁在想什麼，那麼他一定會告訴她，菁菁你的美麗在於純潔善良，而趙依依是成熟的美麗，根本沒可比性，所以不用自卑。

趙燁跟趙依依正在討論去哪裏玩，趙依依提議先去吃飯，剩下的活動再考慮，趙燁也同意這點，剛剛實在沒吃好。

三個人還在商量去哪裏的時候，趙依依手機響了，她說你們兩個商量，不用給我省錢，去哪裏都可以，然後跑去接電話。

「這事要泡湯了，咱倆一會兒去哪兒吃東西呢？」趙燁歎了口氣說道。

「你怎麼知道的？」

「你看趙主任的表情啊，肯定是某位大人物找她。」

菁菁看了半天也沒看出個所以然，過了一會兒趙依依電話打完了，果然走過來對他們倆說：「對不起，我今天不能陪你們倆了，我有點事必須離開。」

「姐姐，不用抱歉，咱們誰跟誰啊，快去忙你的吧。」趙燁顯得很大度，菁菁自然也不會說什麼。

趙依依覺得很對不起趙燁，可她真沒時間多說什麼，只承諾一定找時間補償，然後攔下一輛計程車急匆匆地走了。

「看吧，走了，我說得對吧。」趙燁歎氣道。

「你不高興了？」

「當然沒有，我可不是那麼小氣的人，我幫她本來也沒求什麼回報，只是自己願意而已，她跟我們本來就不是一路人。走吧，我們再去吃點東西，填飽肚子，然後去給你弄請假條，對了，你請假幹什麼，不是要跑去玩吧？」

「嗯，我請假做練習啦，我有個鋼琴比賽要參加，很重要的，我必須好好地練習。」說起鋼琴比賽，菁菁就一臉期待，似乎此刻她正在進行鋼琴獨奏，而台下則是觀眾們瘋狂的歡呼。

「剛剛沒吃飽，我們找個地方填飽肚子吧。」

月色朦朧，路燈下兩個人踩著長長的影子漸漸遠去。有錢人去的是高檔的酒吧、飯店，趙燁這樣的窮學生只能去熙熙攘攘的夜市。

長天大學附近有個兩百多公尺長的巷子，不知道從什麼年代開始，這裏成了學生們晚上吃宵夜的地方。

趙燁對這裏很熟悉，而菁菁似乎第一次來這種地方。面對琳琅滿目的食物，她不知道吃什麼好。

街上人聲嘈雜，窮人永遠都比富人多。這裏的多半是學生、打工仔，他們每天最快樂的就是到這裏吃一頓宵夜。

趙燁替她點了一碗熱騰騰的牛肉麵，幾個精緻的小菜，菁菁吃東西的時候很講究，吃飯時優雅的姿勢相當好看，甚至讓人覺得是受過專門訓練的。趙燁猜測菁菁或許是名門望族的後代，這樣的人是不應該出現在這種廉價的小巷子裏吃飯的。

「很好吃，謝謝你的款待，這些東西真的很好吃。」菁菁輕輕放下筷子，很滿意地說道。

「你喜歡就好，你好像從來沒到過這裏吧？」

「嗯，我不喜歡在外面吃，我都是吃食堂的。」菁菁其實撒了個小謊，她平時都是在飯店吃飯的。

「那看來我們很有緣分啊，你偶爾出來一次我們就碰到了。」

趙燁的玩笑讓菁菁想起兩個人見面那一次，在洗手間裏尷尬地相遇。菁菁的俏臉再次泛起陣陣紅暈，而趙燁也有些不好意思。那次菁菁善良地把他拖回房間，而趙燁卻連聲謝謝都沒說。

面對尷尬最好的方法就是轉移話題，趙燁咳嗽兩聲輕輕說道：「你要請假幾天呢？我現在給你開診斷證明吧。」

「還有三天就是晚會了，隨便開個病假條就行了。有你這個醫生朋友真好，以後請假可容易了。」菁菁露出甜美的笑容說道。

「你應該說，有我這個朋友，以後不害怕得病了，好了，你不覺得應該感謝我一下嗎？」趙燁眯著眼睛笑道。

「那我送你兩張晚會的票吧，你可以帶著你女朋友一起來。」

「那我留一張，另一張送給你吧。」

趙燁喜歡貧嘴，菁菁是個傳統的女孩，臉皮薄很容易害羞，再加上兩人在廁所曾經出現過的尷尬，因此經常出現這樣的情況，趙燁有意無意的幾句話就會讓菁菁臉紅。

爲了緩解尷尬的氣氛，趙燁起身跑去付賬。這家小吃店趙燁經常光顧，與老闆非常熟悉。

老闆是個四十多歲的中年人，叫劉兵，看到趙燁熱情地打著招呼，趙燁從實習開始就很少來這家飯店了。

老朋友見面自然要好好聊一會兒，只是劉兵的臉色似乎不太好，一般人或許不會注意，但趙燁是個非常細心的醫生，並且還是個非常注重望診的醫生。

面色灰暗、色澤淡黃，明顯的肝臟症狀，趙燁看出問題所在，於是一邊付錢一邊試探著問道：「哎，老闆你臉色不太好啊，是不是最近睡眠不好，而且總感覺身體非常疲勞啊？」

「哎，一個月不見，你醫術倒是厲害了。的確是這樣，除了你說的那些，最近胸部有點疼痛，小便也很黃，是不是有什麼毛病啊？」劉兵低聲說道，他不想讓別人聽見。

「明天去找我，在急救科，我帶你去看看吧。」趙燁說著將飯錢塞給劉兵，可他卻怎麼都不要，他對趙燁印象一直都挺好，在趙燁去參加醫學研討會這一個月裏，他還猜測趙燁是什麼原因不來了。

今天趙燁來吃飯讓他放下心，本來劉兵就打算免了趙燁的飯錢，現在有求於趙燁，他更是堅決要免飯錢。

趙燁卻堅決要給，他不是那種貪小便宜的人，他對追出來的老闆微笑著說道：「咱們倆的交情你還客氣什麼，等我幫你看好了病，你再請我大吃一頓吧。」

劉兵是個老實人，趙燁說了這話他也不再客氣了，拍了拍趙燁的肩膀將他們送出門外。並且站在門口目送趙燁跟菁菁兩人很遠一段距離才回去。

走出小飯店的趙燁心事重重，否則，以他的個性一定會指著天空說：「月黑殺人夜，正是戀愛時。」再次讓菁菁害羞，趙燁喜歡她泛著紅暈的俏臉。

兩人安靜地走了好久，最後還是菁菁先開口說：「你人緣還不錯嘛，竟然跟飯店老闆關係都這麼好！」

「我在這裏吃了四年宵夜，大二的時候有一個月我沒錢了，又不好意思跟別的同學借，還是這老闆每天請我吃一碗牛肉麵。」趙燁回憶往事，他是個戀舊的人，也是個知道感恩的人，所謂滴水之恩，當湧泉相報，這句話在趙燁這裏並不只是說說而已。

「你怎麼有些不太高興？」

「他病得很嚴重，我在想辦法救他。」趙燁淡淡地說道。

菁菁看著趙燁嚴肅的表情，知道他不是在開玩笑，可她卻怎麼也想不出，趙燁是怎麼在說那麼幾句話的工夫，就看出對方身患重病的。

雖然她不是醫生，對醫術也不瞭解，可她卻明白，能夠在不做身體檢查，不問病情，只簡單地看兩眼就能知道對方病情的醫生，絕對不簡單。

更加恐怖的是趙燁的觀察力，在日常的生活中不放過每一個細節，不放過任何一個潛在的患者。

趙依依現在是長天大學附屬醫學院的大紅人，經歷了這次電視台記者事件，趙依依的聲望更上一層樓。

很多醫生都紛紛猜測趙依依背後究竟有多大的勢力支撐，竟然能讓電視台出醜。當然沒人會想到，其實只是實習醫生趙燁的一個小把戲。

在眾位醫生眼裏，趙燁只不過是個普通的實習醫生，還是個迷戀趙依依的實習醫生。

當趙燁帶著飯店老闆劉兵去做檢查的時候一路綠燈，那群醫生完全是看趙依依的面子。急著治病救人的趙燁管不了這麼多，既然那群醫生願意給自己行方便，他也不拒絕，帶著劉兵在醫院裏轉了好幾圈，把應該做的檢查都做完了。

檢查進行得很順利，可結果卻讓人高興不起來。趙燁看著化驗單以及影像學圖片，一遍又一遍地確認，卻遲遲不敢下診斷。

因爲劉兵是他的朋友，趙燁害怕自己的判斷失誤，更重要的是他不願意接受這個結果。原發性肝癌，已經到了無法切除的地步，唯一的治療方法就是將癌變的肝臟完全切除，然後進行肝臟移植。

劉兵沒注意到趙燁緊緊皺起的眉頭，站在趙燁身邊的他，瞥了幾眼趙燁手裏的化驗單，半天沒看懂，最後實在忍不住了才開口詢問。

「怎麼樣，沒事吧？」

「我能治好你的病，但是需要手術，很大一台手術。」事到如今趙燁只能實話實說了，他沒直說是肝癌，他怕嚇壞了劉兵。

「這，這手術需要多少錢？」有句話說得好，有啥別有病，沒啥別沒錢。人們已經到了談病色變的程度，劉兵的聲音有微微的顫抖。

「走吧，我們找個地方好好淡淡。」

第六劑

偷天換日的肝臟移植術

當趙燁看到化驗單的時候，發現他手裏的兩個患者竟然可以接受同一個肝臟。也就是說，那個捐獻者的肝臟也可以移植給劉兵。

這讓趙燁禁不住幻想，肝臟移植手術的效果對劉兵來說是巨大的，而對眼前這個患者則是可有可無。

如果兩個人能夠調換一下位置，讓更年輕、更需要肝臟的劉兵接受肝臟移植手術……

趙燁拉著劉兵在醫院小花園的長椅上坐下，然後慢慢地解說他的病情，趙燁交代得很詳細。

肝癌，原發性肝癌。

雖然發現得不算晚，可這肝癌卻十分特殊，散佈在肝臟多個地方。

唯一的治癒辦法就是肝臟切除術，然後再移植一顆功能完好的健康肝臟。其他的治療方法或許可以延長壽命，但卻不能祛除病根。

劉兵不過四十多歲的年紀，這兩年才靠經營小飯店日子過得好了一些，他每天起早貪黑，不辭辛勞，就是爲了能多賺一點錢，讓家人過得更幸福一些。可他萬萬沒想到，一向身強體壯的自己竟然突然病倒了。

幸福來得如此艱難，而失去又如此容易。

劉兵點了一支煙，默默地抽著，一支接著一支地抽著。

劉兵平時很節省，他身上揣著兩包煙，一包是四十元的黃鶴樓，專門遞給飯店的老顧客；另一包是他自己抽的，三塊錢一包黃果樹。

今天劉兵破天荒地抽著黃鶴樓，他心煩，無法接受這個事實。人近中年的他，此刻看起來似乎老了十幾歲。

「老劉，手術可以治好你的病，不用太害怕。」趙燁拍著劉兵的肩膀安慰道。

「我這個病如果治療，需要多少錢？」劉兵將手中的煙頭掐滅，緩緩抬頭問道。

趙燁略微思考了一下，給出了答案，「你需要做一個肝臟移植，手術費用大約三十萬多點。手術期間的住院費，以及各種藥物的費用需要四萬左右，術後每天需要三到五萬的免疫抑制劑的費用，減免身體對新肝臟的排斥。我也不太清楚，大概是這樣子吧，實際上用的錢只會比這多，不會少。」

「如果不手術，我能活多久？」

不手術？趙燁想都沒想過，作爲醫生看來，有病當然要治病，有好的方法，能夠痊癒的方法，當然不會挑選別的方法。

「不手術的話，你最多活三年，化療並不是那麼有效，而且副作用很大……另外，化療的費用也不便宜。可惜我一位老師去世了，如果他不去世，用中藥抗癌，配合化療、介入治療，或許你能活八年以上，當然你還是趕緊準備手術的好。」

趙燁想起了江海，如果這老傢伙還活著，或許真能扭轉乾坤。想到這裏，趙燁決定回家去翻翻書，那些他帶回來的書籍裏，就有關於癌症治療的方法，也許對劉兵，這些都沒有必要，但術後預防復發還是用得著的。

「別告訴別人我的病情，容我先想一想吧。」

「還想什麼，你難道不打算手術？如果手術你能擁有全新的肝臟，如果能好好地調理，你未來二十幾年的生活不會有什麼大問題。如果你不進行手術，那後果是不堪設想的。難道你害怕手術失敗？放心，我保證手術能成功，難道你不相信我？」趙燁有些著急，甚至連保證手術成功這種話都說出來了。

「我不是不相信你，這手術……」劉兵歎了口氣繼續說道，「我一個平民百姓，上哪能拿出那麼多錢啊？」

趙燁突然語塞，他的確沒想到這個問題。在趙燁眼裏，錢不是一切，他似乎對錢有種不屑的態度。

中國的醫生比起國外的醫生需要多學很多東西，例如省錢，在全民免費醫療的美國與歐洲各國，醫生們不需要考慮醫療費用多少，只要專心治病就可以了。

中國則不同，種種歷史原因導致民眾必須自行承擔醫療費用。小病小災也就算了，少量的醫藥費誰都花得起，如果碰到大手術，那不僅是要命，更是要錢。

劉兵抽著煙，默不作聲地離開了，趙燁望著他漸行漸遠的身影，第一次發現這位四十多歲的中年男人有些駝背，肩膀扛的東西太多了，家庭、事業，如今又要加上一條醫療。

趙燁突然覺得自己有些殘忍，如果不將這些告訴他，或許更好一些。

「你放心，我會幫你解決這個問題的。」趙燁不喜歡說大話，更不喜歡說假話。可他這句話卻兩者兼有。劉兵對趙燁擺了擺手，示意不用擔心，那弓著腰的背影漸漸消失在人群中。

僅憑一句話是救不了人的，趙燁說這話只是想讓劉兵能快樂一點，然而這話也是趙燁心中所想，他會想辦法，拚盡百分之兩百的力量去幫助他。

趙燁在長天大學附屬醫學院實習也有兩三個月了，可他在這裏交的朋友不多，能幫上忙的或許只有趙依依。

當趙燁詢問趙依依關於肝臟移植的問題時，趙依依的俏臉閃出一絲驚訝，而後興奮地道：「你對肝臟移植有興趣？我這裏剛剛接到一個病人，正在努力爭取這個手術，你要加入嗎？」

趙依依說的肝臟移植手術是另一台手術，在隆輝醫學研討會上，趙燁在手術台上展現出了非凡的實力，加之趙依依把他當成福星，此刻趙依依非常希望趙燁能加入這台手術。

趙燁漠不關心地翻開患者的病例，此刻他更關心的是劉兵，而不是這個患者，當他粗略地流覽了一會兒後，睜大了眼睛不敢相信地說道：「他有必要進行肝臟移植嗎，就算進行移植也維持不了多久壽命啊！」

「家屬強烈要求，有錢人麼，用錢續命！」趙依依毫不在乎地說道。

用錢續命在醫院是司空見慣的事，而趙燁卻是第一次見到，他有些不能接受，不能接受必死的病人還在浪費醫療資源，進行肝臟移植。

更不能接受沒錢看病的痛苦，想起劉兵那弓著腰的背影，趙燁心中泛起一陣痛楚，緊緊地握著拳頭。

醫生們見慣了生死，因此他們通常是冷漠的，趙燁此刻的表現被趙依依理解爲不成熟。每個實習醫生開始都是這樣，有著一顆單純的善良的心。

他們渴望用辛苦鑽研多年的醫術救活所有人，但時間會證明他們的想法是多麼幼稚，醫學不是萬能的，特別是在沒有錢的時候。

面對貧窮的沒有醫療保險的患者，他們的遭遇讓人心酸，但漸漸的，醫生們的心會冷漠下來，不會如一開始那般傻乎乎地自己掏腰包捐錢給患者。

在趙依依眼裏，趙燁就是那種傻乎乎的傢伙，如果他有錢，恐怕會毫不猶豫地捐獻給患者看病。

而且他的傻似乎特別嚴重，甚至是那種一輩子都不會改變的死腦筋。

趙燁不鄙視窮人，也不仇富。無論貧窮與富有都不是一種罪過。趙燁覺得劉兵屬於窮人，一個連命運都不能掌握的窮人。趙依依的那台肝臟移植手術患者屬於有錢人，在昂貴的醫療費用面前，他們毫不在乎。

趙燁被趙依依拉著去觀察病人，她想讓趙燁充當她的助手，似乎有趙燁這個福星在，她就可以順利地完成一切手術。

患者躺在床上意識模糊，六十幾歲的樣子，身邊沒有子女陪伴，由保姆照顧。趙燁對患者做了簡單的身體檢查，又看了看他的化驗資料，發現這患者癌症已經轉移，肝臟移植根本就沒有必要。

「什麼時候手術？」趙燁問趙依依。

「最近兩天，越晚風險越大。」趙依依的聲音很小，只有趙燁能聽到。

這患者並不是只有一種疾病，開刀手術不能拯救他。

醫生不是神，即使是歷史上的神醫，也沒有讓所有患者起死回生的本事。

眼前的病人開刀手術沒什麼好處，開刀或許只能給他的子女一些安慰，讓他們不至於在病人死後自責而已。這誰都明白，卻誰都沒挑明。

「移植用的肝臟準備好了？」

「準備好了，他家人非常有辦法，一切都準備得很好。唯一的遺憾就是病人來得太晚了。」

作爲醫生，雖然只是個實習醫生，可趙燁有自己的職業道德，這患者的手術他會盡力。作爲一個普通人，趙燁對朋友有自己的原則，他不能對劉兵見死不救。

即使不能手術，他也要想辦法，而且是最好的治療方法。肝癌不進行手術治療的話，就必須進行化療，或者介入治療。

這些方法的效果不差，可也不能讓趙燁滿意，於是他將眼光投向中醫治療，江海留給他的寶藏中，有很多關於治療癌症的方法。

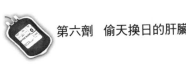

中醫知識浩瀚如海，趙燁不過是這片瀚海中的一葉孤舟，所見不過方圓十幾里，剛剛入門的他只能臨時狂補。

回到飯店後的劉兵儘管強顏歡笑，可家人都發覺了他的異樣，面對妻子的詢問，他極力掩飾，可內心卻異常痛苦。

誰不珍惜自己的生命呢？可正如某位演員說的，人世間最痛苦的事情莫過於，人沒死，錢花沒了。

如果進行手術，劉兵不僅要花掉所有的積蓄，更要背上沉重的債務。人近中年的劉兵家庭並不富裕，一直到最近兩年經營小飯店，生活才漸漸有了起色。

看著跟自己吃了半輩子苦的妻子，看著即將邁入大學的兒子。劉兵的心在滴血，如果進行手術，他們兩人怎麼辦？

作為一家之主，作為家中的頂樑柱，他必須承擔起責任。為妻子和兒子考慮，整夜不眠的劉兵第二天找到了趙燁。

「我希望能進行保守治療，至於能活多久，就看我的造化吧。」劉兵飽經風霜的臉上滿是堅毅，這是他唯一的選擇。

儘管趙燁不願意接受這樣的事實，可目前也沒有更好的辦法。或許唯一能做的就是先接受保守治療等待機會。

劉兵的想法是接受最便宜的治療，延長壽命儘量堅持到兒子大學畢業，那時即使他不行了，也沒什麼好擔心的，因為那時孩子已經能自理，能夠養活母親。

趙燁默默地幫他辦了住院手續，每天劉兵在這裏接受幾個小時的治療，然後回家繼續經營他的小飯店。這一切都是秘密進行的，他的家人並不知曉。

趙燁爲劉兵設計了一套治療方案，算不上最好，卻是最省錢的，更是最適合劉兵的治療方案。

在盡心盡力治療劉兵的同時，趙燁還要跟隨趙依依準備那台肝臟移植手術，名目繁多的化驗，移植手術前大量的免疫抑制藥物。

燒錢的治療，患者每天的花費如流水，可患者依然沒有清醒。誰都知道他面臨著死亡，可患者的家屬就是要治療。

原本趙燁以爲他們家裏是有錢沒地方花，經過進一步瞭解，才知道，這患者其實是公費醫療。他是公務員，屬於百分之百報銷。他的兒女家人不用出一分錢，所以這曾經讓趙燁稱道的孝心，不過是借花獻佛而已。

趙燁很羨慕他的公費醫療，如果劉兵有公費醫療就不用這麼難受了。作爲外來務工人員，合作醫療、城區社保等等跟他統統沒有關係。

醫生救治病人不應該分貧富貴賤，趙燁從不因爲患者的身分而改變自己的醫療態度，對任何病人都會百分之百盡力，當然劉兵是個特例，趙燁用的是百分之一百二的力量。

肝臟移植手術之前，首先要準備好肝臟，並不是所有的肝臟都能移植，在移植以前必須經過配型。

當趙燁看到化驗單的時候，發現他手裏的兩個患者竟然可以接受同一個肝臟。也就是說，那個捐獻者的肝臟也可以移植給劉兵。

這讓趙燁禁不住幻想，肝臟移植手術的效果對劉兵來說是巨大的，而對眼前這個患者則是可有可無。

如果兩個人能夠調換一下位置，讓更年輕、更需要肝臟的劉兵接受肝臟移植手術……

在趙燁胡思亂想的時候，護士匆匆忙忙地跑到醫生辦公室，她掃視了一圈，發現沒有值班醫生，空蕩蕩的房間裏竟然只有個實習生。

如果是平時，護士是不會找實習醫生的，可此刻她卻不得不求助於趙燁。

「那個肝移植病人出現了黃疸，似乎是膽道梗阻……另外，他剛剛的化驗結果，腎臟在衰竭……」護士語無倫次地說了很多，趙燁並沒注意聽，而是直接跑到病房。

那患者此刻臉色發黃，呼吸時有時無。生命監護儀上各種生命體徵非常混亂。沒有多少臨床經驗的趙燁也知道這患者要不行了。

「腎上腺素注射液，一個單位。」

「插喉管，輸入氧氣。」

搶救讓趙燁滿頭大汗，可病人的情況卻越來越壞。這時，有護士跑到病房告訴趙燁說：「剛剛有電話來說，患者的肝臟運到了，請您定下手術時間。」

患者的情況比想像中要嚴重許多，別說手術，能不能挺過今晚都很難說。飛機空運來的肝臟，對他來說並不是救命的靈藥。

對他不是，可對劉兵則不同。一個大膽的計畫在趙燁腦海中形成。風險巨大，但比起能夠讓劉兵多活二十年，一切不算什麼。

「通知手術室，急症手術。」

對醫生命令，護士不敢有絲毫遲疑。在護士離開以後，趙燁撥通了劉兵的電話。

膽大包天不代表目空一切，趙燁屬於膽大包天的人，只要他認爲是對的，就會毫不猶豫地去做，堅決不回頭。當然他不是那種狂妄到目空一切，不計後果的人，當他決定給劉兵打電話的時候，已經想到了後果。

冒名頂替算是醫療事故，趙燁不懂法律具體的處罰，他也不在乎那些。趙燁清楚，如果劉兵能夠接受這顆肝臟，那麼他可以多活二十年，他的家庭不會失去頂樑柱，他的兒子不用失去父親。

當然這麼做會有很嚴重的後果，趙燁不能保證自己不會受到處罰，所以，他這次決定單獨行動，沒叫他的上級醫生趙依依，對於後果他願意一力承擔。

急診手術在長天大學附屬醫學院這樣規模的醫院幾乎天天都有，沒人會在乎你這手術是不是應該做，更沒人檢查你這個手術是什麼。

因爲沒人想到會有趙燁這種偷天換日的計畫，將患者調換。誰都知道這是在拿自己的前途做賭注，趙燁不害怕這些，就算賭輸了也沒什麼，因爲趙燁一窮二白什麼都沒有，即使輸了也是一樣。

如果贏了，利益則是巨大的，劉兵可以幸福後半輩子。

病床上昏迷不醒的老人被推到手術室，手術室的護士看著趙燁露出異樣的眼神，有點醫學常識的人都知道這樣的病人不適合手術，病入膏肓，進行手術只能人財兩空。

可每個禮拜都有這種病人進行手術，大家心照不宣，人人都明白這種手術是爲了增加收入，同時也是醫生們爲了「練刀」而進行的。

對於這樣的病人，手術室也非常歡迎，不過每次帶來這樣病人的醫生，都是醫院的老油條，趙燁這樣稚嫩的面孔還是第一次。

對這些人異樣的目光，趙燁懶得解釋，他直接走進手術室，按部就班地洗手消毒、穿手術衣。

手術室裏的病人靜靜地躺在病床上，衣服已經脫去。護士們忙著給他注射藥物，麻醉師則根據患者的體重調整麻醉劑的用量。

手術室另一旁的桌子上放著一個保溫箱，裏面是剛剛空運來的肝臟。趙燁掃視了一圈，淡淡地說道：「都停下來吧，這個手術我一個人就可以了。」

「一個人？」麻醉師不敢相信，手術是一個人能做的嗎？

「不好意思，我沒說清楚，我手術的方法跟其他人不一樣，不用麻煩諸位。一會兒有其他人來幫忙。」趙燁不想讓他們起疑心，和顏悅色地解釋道。

能夠偷懶自然沒人反對，反正他們無論做多少台手術，都是拿死工資，更何況眼前這患者基本上是必死的，他們以爲趙燁這個稚嫩的實習醫生是想練刀，也不多說什麼，眼不見爲淨。手術室的自動門緩緩打開，麻醉師跟護士們一個接一個地走了出去，回到值班室該睡覺的睡覺，打麻將的打麻將。

趙燁歎了口氣，將患者身上的針都拔了出來，掏出一包銀針，一支接著一支旋轉著刺入患者的身體……

醫院外的劉兵接到趙燁電話後，不敢有任何拖延直接趕到醫院，因爲趙燁在電話裏說了，眼前有救他的機會。

夜裏偷偷跑出來的劉兵，爲了不讓老婆孩子發現，連衣服都穿反了。一路小跑到醫院後，劉兵發現趙燁竟然已經在門口等著他了。

「怎麼救我？」劉兵走到趙燁身邊急切地問道。

「手術，肝臟移植手術。」趙燁淡淡地說。

「你在耍我嗎，我怎麼付得起高昂的手術費用？對不起，我不想做手術。」劉兵先是有些惱怒，隨後又平靜下來，畢竟趙燁是爲了他好。

趙燁面對劉兵說：「一切都準備好了，我單獨給你進行手術。不用擔心費用，唯一要擔心的就是你敢不敢接受這個手術。」

劉兵呆呆地看著趙燁，不知道怎麼事情一下子就有了轉機。雖然不是醫療工作者，可他也知道，肝臟手術先不說那三十多萬的費用，適合移植的肝臟就非常難找。

他在思考，劉兵心裏非常感激趙燁，可又不太敢相信趙燁的技術，畢竟他只是個實習醫生。

如果讓他給自己做手術，說不定下不了手術台。可手術的機會只有這一次，如果拒絕了，不僅是辜負了趙燁的好意，恐怕以後再也沒有機會了。

而且他還有些擔憂，如果進行肝臟移植，那麼肝臟從何而來，藥物從何而來，此刻的劉兵猶豫不決。

趙燁看出了他的憂慮，淡淡地說道：「放心，我不會拿自己開玩笑，更不會拿你的生命開玩笑。我保證成功，我們時間不多，如果你不快點決定，恐怕計畫就不能成功了。」

劉兵老老實實了一輩子，從來沒做過越界的事。此刻他第一次明明知道向前一步就越界了，卻毫不猶豫地勇往直前。

他渴望下半生能與妻兒一起度過，他不願意看到失去丈夫的妻子的痛苦，失去父親的兒子的悲傷。

「我們去哪裏手術，如果手術了我的病會好，那麼你呢，會不會遭到醫院的處罰？」

「放心，你的病能好才是最重要的。」

醫院是少數的全年二十四小時營業的機構，但營業不代表不休息，每天晚上值班醫生都是可以睡覺的，只有來病人的時候醫生才會起床工作。

夜裏進行手術的醫生不多，除非是急診和那種不手術會要命的，因此手術室值夜班的多半會偷懶睡覺，正因爲如此，趙燁才能將劉兵偷偷地帶入手術室。

「手術，就你一個人？我聽說手術需要好幾個人的。」劉兵遲疑地道。

「快躺下吧，今天手術就我一個人，你睡一覺醒來就好了。」趙燁說著將劉兵按在手術台上。

「那個睡著的傢伙是幹什麼的？」劉兵指著他身邊那個患者問道。

「別問那麼多了，他是你的救命恩人。」趙燁說著將麻醉藥打入劉兵的體內，心裏默念著十、九……

劉兵意識漸漸消失，他不明白趙燁說的救命恩人是什麼意思，一直到很久以後他才明白，這肝臟是人家的，這手術也是人家的……

傳統的肝臟移植手術需要九個小時左右，如果是技術高超的頂尖醫生能將時間壓縮在八個小時以內。

此刻牆上的計時器顯示的時間是零點十五分，趙燁想要偷天換日，將這台不屬於劉兵的手術在神不知鬼不覺的情況下偷偷做完，必須越快越好，因爲時間拖得越長，越容易被發現。

六個小時，趙燁給自己定下的極限，每天早上六點左右，值夜班的醫生與護士多半都醒了，如果在六個小時以內還不能完成手術，那麼暴露的可能性很大。

無影燈聚焦下的手術台上，趙燁的雙手正在創造手術的奇蹟。而另一側，原本需要手術的患者，全身被刺了三十幾根銀針，這還不算，很多銀針上還罩著火罐，裏面滿是吸出來的鮮血。

看起來很恐怖的治療方法，可仔細觀察下，瀕臨死亡的患者面色紅潤起來，呼吸均勻，看起來像睡著了一樣。

趙燁自己都不敢相信，他在創造手術奇蹟的同時，在手術室的另一邊正在上演著生命的奇蹟。

肝臟移植手術有經典的方法，整個手術需要九個小時左右，醫學是一項嚴謹的科學，醫生不可以隨心所欲、爲所欲爲地改變手術方法。

因爲這關係到患者的生命，很多時候醫生將這份嚴謹用過了頭，以至於很多手術的新方法不敢嘗試。

手術的時間越短，切口越小，對患者的損傷也就越小。傳統手術的改進方向也是向著減少時間，減少創傷的方向而努力。

趙燁對劉兵進行的肝臟移植手術需要在短時間內進行，甚至是超出常理的六個小時內完成，因爲偷偷摸摸手術的趙燁害怕被發現。

這樣的超高標準的要求就必須用改進的方法，這方法並不是趙燁原創的，實際上這辦法在國外某些醫院已經施行了很多年。

可對於手術的操作，精細度的要求實在是太高了，如果用最新的改進方法來進行手術，可以減少約兩個半小時的手術時間，並且減少百分之二十五的出血量。

在傳統的肝移植手術中，縫合下腔靜脈和其他微小脈管是一項艱巨而複雜的過程。尤其是下腔靜脈，在供肝放置後，其位置使縫合尤爲困難。新技術主要是將類似的要求精細和費時的手術過程，在供肝置於受體，也就是患者體內之前完成。

趙燁在受體體外將供肝的下腔靜脈入口重建，並在管壁上留有開口，然後在受體體內將開口與受體下腔靜脈吻合，從而使血流恢復。而開口的位置就是便於手術操作的位置，從而避免了傳統手術模式下腔靜脈吻合口位於肝後而不利於操作這一弊端。

膽大而心細是趙燁的手術風格，冷冷淒淒的手術室內，無影燈將黑暗驅逐得一乾二淨，趙燁孤零零的身影立在手術室內。

手術刀閃著妖異的寒光，縫合針猶如附著靈魂穿行於血肉之間。這是只有一個人的手術，沒有助手、沒有護士、更沒有人爲這精彩而吶喊。

當趙燁成功地將肝臟移植入劉兵體內時，牆上的計時器顯示爲五點四十分，用了不到六個小時的時間，趙燁基本完成了肝臟移植手術。

面對成績，趙燁沒有沾沾自喜，他此刻神情凝重地完成剩下的手術部分。他這次是在賭博，以自己的職業生涯做賭注。

肝臟移植手術並不是非常困難的手術，在很多地方很多醫生都可以做。然而有名的肝臟移植手術醫院卻不多。

原因在於肝臟移植手術中最困難的一步，肝臟資源。那些有名的醫院都是擁有豐富肝臟資源的醫院。

日益國際化的中國，在醫療上依舊與國外格格不入，很多人覺得國內與國外最大的分歧在中醫，事實上中醫算是一個巨大的分歧，但最大的分歧在於觀念上。

例如移植手術，很多人不會捐獻自己的器官，哪怕是寧可火化遺體。於是在國內器官移植成了困難的手術，並不是因爲技術上不達標，更多的是沒有捐獻者。而有名的肝臟移植醫院則是因爲有權利，他們可以獲得更多的資源，例如死囚等。

然而在捐獻者奇缺的現實中，卻還有著更加令人氣憤的事情。器官的移植並不是想像中那般簡單，想移植就移植，有合適就可以移植。

任何移植都要通過醫學倫理委員會的審批，那是一種類似於法庭般公正的組織，應該有著絕對的公正，可現在他的效果並沒有那麼大。

猶如計劃生育，生一胎是只對金字塔下面的人有用，對於那些站在巔峰的權利派，法則並不是用來遵守的。

如果按照倫理學，劉兵算是應該接受肝臟的患者，而那位躺在一邊被趙燁插滿了銀針的患者根本沒有資格接受肝臟。

趙燁看過他的病例，那患者是酒精性肝硬化轉爲肝癌，而後癌細胞又擴散到身體的多個器官。

即使他接受了肝臟移植，也不能救命，那是對醫療資源的巨大浪費。且不論這些，因爲酗酒而引起的肝硬化等等肝臟疾病，本身就不應該有肝臟移植的資格。

而且在趙燁決定進行偷換肝臟的時候，這個準備接受肝臟移植的患者已經到了生命垂危的地步。

能不能救活並不是趙燁說了算，他只能拚盡全力救治，可肝臟移植是根本不可能的。以他的身體，手術只能加速死亡，按照中醫的話說，就是將體內的元氣耗盡。準備移植到他體內的肝臟，對他來說實際上是無用之物。

所以趙燁在偷天換日的時候，並沒有多少罪惡感。因爲眼前這肝臟算是無主之物，因爲那患者也用不上了。

手術進入收尾階段，一整夜的手術讓趙燁疲憊至極，特別是到了手術的收尾階段，因爲危險期過去了，整個人都放鬆下來，於是兩個眼皮在不斷打架。

正在趙燁疲憊不堪的時候，他突然聽到有響聲，似乎有人在低聲細語。他開始以爲是自己的幻覺，可沒過多久，他又聽到了這種聲音。

似乎是有人在說話，而說話的聲音就在自己的身後。醫生應該不信鬼神，因爲他們的工作性質就是如此。可這不代表趙燁不怕鬼，恐怖片看多了的他對於黑暗、對於鬼神有種說不出的恐懼。當背後的聲音第二次響起的時候，趙燁嚇得差點扔掉手中的縫合針。

醫院是死人最多的地方，更是恐怖故事發生最多的地方。趙燁慢慢地轉過頭去，腦海中不斷地浮現出各種恐怖片的經典畫面。

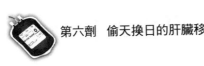

閉著眼睛轉過頭的趙燁小心翼翼地抬起眼皮，他發現身後什麼都沒有，於是鬆了一口氣，當他準備繼續手術的時候，那聲音又來了。

這次他沒害怕，因爲他發現那聲音來自於躺在病床上的另一位患者，也就是接受自己針灸治療的患者。

此刻他已經漸漸轉醒，雖然沒睜開眼睛卻漸漸有了意識。如果說趙燁偷天換日的計畫能成功讓他高興的話，那麼這患者的轉醒則讓趙燁狂喜。

趙燁加快速度將劉兵的身體縫合，因爲狂喜讓趙燁精神百倍，縫合本來就是他的強項，此刻他的速度更是快得驚人，沒一會兒工夫，就將手術剩下的部分全部完成。

處理完劉兵的手術以後，趙燁又將注意力轉移到了另一個患者身上。他想將病人喚醒，可準備下手的時候又開始猶豫。

如果他醒了，那秘密就無法保守了，可是如果此刻不喚醒，就無法知道他的情況，萬一有什麼症狀，就錯過了治療的黃金時間。

作爲醫生，趙燁別無選擇，錯過一次的他，覺得非常對不起眼前這個患者，雖然並沒有對他造成什麼傷害。

趙燁輕輕地將患者身上的銀針按照一定順序拔掉，同時又對他進行了繁複的局部按摩。

「別按了，我沒事了。」患者突然開口說話。

「您清醒了?真是太好了。」患者的清醒讓趙燁興奮不已。

患者躺在床上依舊不能動彈，但已經能睜開眼睛，說話也沒問題了，他看了看趙燁緩緩說道：「我早就醒了，只是說不出話來，我這是在哪裏?那個是無影燈吧，這裏是手術室?」

「沒錯，是手術室，您還記得昏迷前的情況麼?」趙燁試探著問道。

「記得，我似乎要做肝臟移植手術，可我現在似乎沒做手術，而是在進行針灸，在手術室裏針灸，我可是第一次聽說，更是第一次經歷，醫生您能告訴我，這是怎麼回事嗎?」

趙燁此刻由狂喜變得不知所措，他不知道怎麼回答才好，難道說實話，告訴他我偷了你的肝臟，雖然這肝臟你用不上，用了也不能增加壽命，最多只能給您的兒女一些心裏安慰而已。

「其實我早就醒了，你一個人在這裏做手術，恐怕是有什麼事情吧?說實話吧，孩子，我已經死過一次了，無論什麼事情我都替你保密。」老人閉上眼睛說道。

此刻的他，精神比前一天好很多，從瀕臨死亡到恢復如常，這一切都歸功於趙燁的治療，可趙燁現在沒時間邀功，他現在滿腦子想的都是如何請罪。

「對不起，我私自挪用了您的肝臟。我不想過多解釋，只想告訴您，您的癌細胞已經擴散到全身大部分器官，如果開刀進行肝臟移植，唯一的效果就是能讓您的兒女得到一些心理安慰。」趙燁緩緩地說道。

老人睜開眼睛，盯著趙燁看了好一會兒，慢慢地說：「你現在打算怎麼善後，如何處理我，還有如何處理醫院的處罰。另外你收了那病人多少錢，值得你這樣冒險。」

趙燁對此只能苦笑，收錢？自己沒搭錢已經不錯了。善後？趙燁真沒想到老人會清醒過來，所以他的善後計畫完全被打亂了。事已至此，趙燁也不再隱瞞，他將整個過程簡略地講給老人聽。

「你倒成了好人，而且還是我的救命恩人，既然我全身都是癌細胞，你怎麼把我救活的？」

「我在古方上弄了套針法，對您的病有點幫助，當然不是全部，更重要的是一種病毒，可以抑制您的癌細胞，其實我沒有百分之百的把握，您當時情況危急，我也是沒有辦法了。當然我不是用您做實驗，其實在您之前有一位名醫用自己的身體做過實驗。」

趙燁說的是江海，那位精神矍鑠的老人和他一樣癌細胞擴散到全身，江海的治療方法就是以毒攻毒，用病毒來殺滅癌細胞。這技術趙燁也是幫劉兵找治療方法的時候找到的，不過技術不太成熟，如果不是這老人瀕臨死亡，趙燁也不會冒險使用。

「那我這病？」

「您可以理解爲延長了您的壽命，或許只有幾個月。」趙燁老實地低頭說。

「你真是不會說話，難道就不能體諒一下老人的心情，欺騙我一下，說我的病已經好了，看在這個份上，說不定我還能不追究你的責任，真是個傻孩子。」

隨著趙燁將老人身體的銀針拔掉，又對他進行按摩以後，他已經漸漸恢復，此刻已經坐了起來。

「來吧，找點繃帶，給我綁上，就按躺在那裏的傢伙綁。」老人坐起來伸了伸腰，然後指著劉兵對趙燁說道。

「您的意思是？」趙燁有些不敢相信自己的耳朵。

「當然是幫你隱瞞一下，肝臟移植手術你可以對他們說是移植給了我，這樣我的兒女們就不會追究你的責任了，更不會有其他部門追究你的責任。」

「這是看你多給了我幾個月生命的份上，雖然我不是醫生，可我知道我的病情，如果不是碰到你，恐怕我現在已經死了。另外我是獎勵你誠實，我閱人無數，卻第一次見到你這麼誠實的小子。」

「可你別高興太早，我還是會對你的上級醫生報告你的事情，這件事我不會追究，可你們醫院一定會追究。」

「別怪我恩將仇報，你還年輕，叛逆也是正常的。可你要明白這次你對了，下一次你不一定有這麼好的運氣。人生在世不能總遵守規矩，可也不能總是打破規矩，你是個醫生，多數的時候還是要按照規矩辦事，生命不是兒戲。對了，小傢伙，你叫什麼名字？」

老人就像個慈祥的長者教訓小輩一般對趙燁循循善誘，趙燁低著頭認真地聽取每一句教誨。

這是成長的過程，回頭想想整個過程，趙燁有些害怕，如果劉兵的手術失敗，或者老人沒能救活，又或者手術中途有人進來等等，後果不堪設想。

「我叫趙燁，對不起您，我會記著您的教誨的。」

「記住就好，可別有下次了，你這小聰明看似完美，實際上漏洞很多，可整個事件卻出奇的順利。就連要移植給我的肝臟都完全符合這傢伙的條件，這次或許是天意吧。」老人感歎道。

幸運的事情一輩子有一次就夠了，此時趙燁也驚出一身冷汗。他此刻還有些不敢相信這老人的寬容大度。

「對了，忘記告訴你了。我叫董楠。」

這名字在趙燁耳朵裏就是個普通的名字，他怎麼也猜不到的是，這老人是省藥監局的退休老局長。

一個不是醫生卻無比熟悉醫療系統，瞭解疾病的人。更讓人猜不到他放過趙燁的原因，除了趙燁是他的救命恩人外，更是因爲他不想毀掉這個優秀的年輕醫生。

其次，他也不想要那個肝臟，作爲一生清廉，從未以權謀私的老黨員，即使在這一刻，依舊有著一顆廉潔的心。

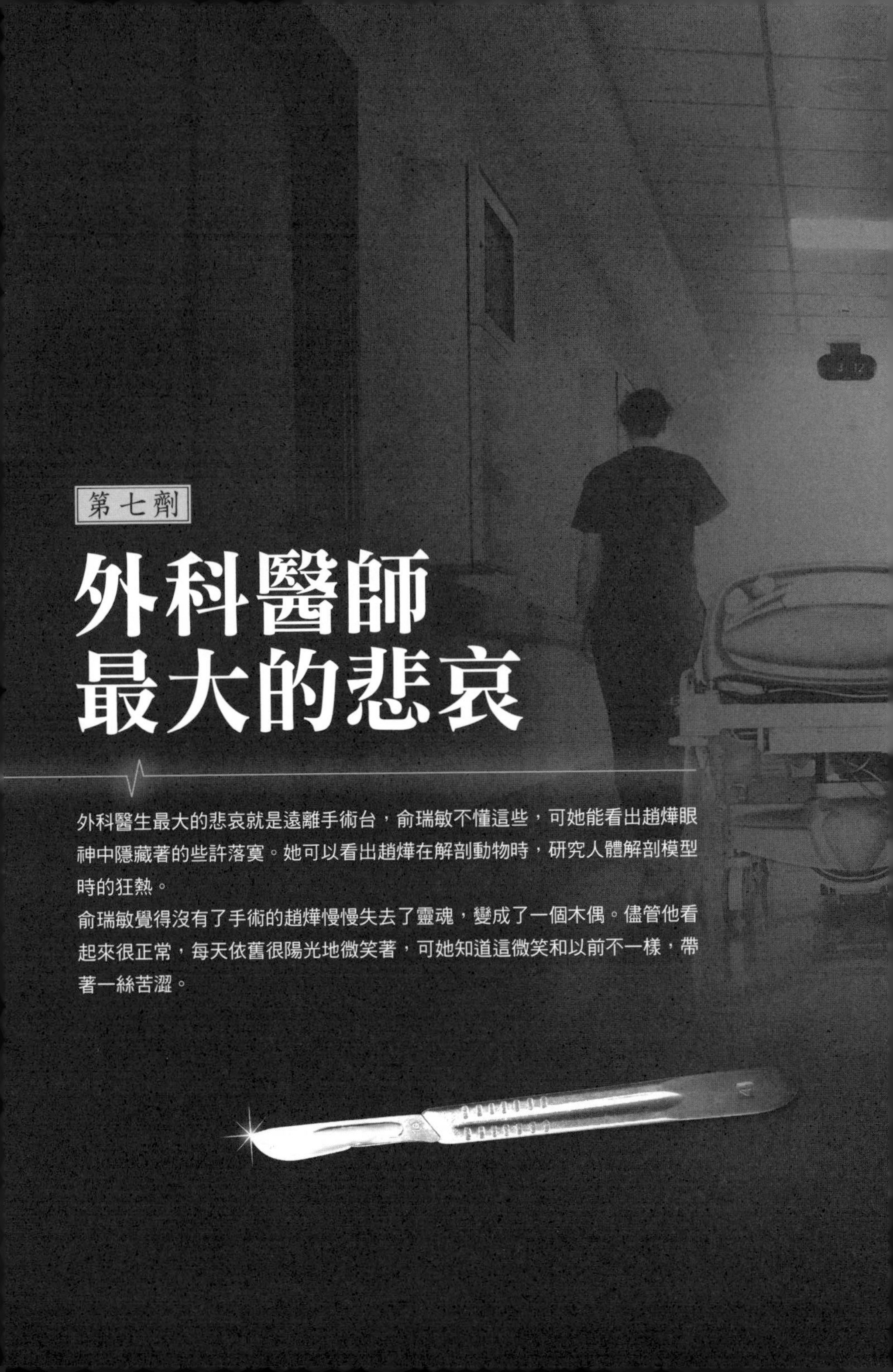

第七劑

外科醫師最大的悲哀

外科醫生最大的悲哀就是遠離手術台，俞瑞敏不懂這些，可她能看出趙燁眼神中隱藏著的些許落寞。她可以看出趙燁在解剖動物時，研究人體解剖模型時的狂熱。

俞瑞敏覺得沒有了手術的趙燁慢慢失去了靈魂，變成了一個木偶。儘管他看起來很正常，每天依舊很陽光地微笑著，可她知道這微笑和以前不一樣，帶著一絲苦澀。

醫院裏出現了怪事，怪事的發生地點在十三號手術室，故事的主角是那個叫董楠的患者，進行了肝臟移植手術的他竟然第二天跑出去散步了，甚至聽說他因爲太高興，還專門跑去感謝院長。

喜歡八卦的醫生護士們想看看這手術爲什麼會這麼成功，可當他們調用監控錄影時，卻什麼都看不到。只有一片漆黑的錄影畫面。

其次，就是急救科病房中不知道爲什麼突然多了個住院的患者，醫院中有不少人認識患者，醫學院附近小吃街其中一家飯店的老闆劉兵。據說是很嚴重的外傷，看包紮的樣子，有三十釐米長的樣子，觸目驚心。

第二天一早，趙燁顧不得休息，也沒有心情休息，直接找到了趙依依，將事情完完全全說給她聽。

趙燁尋求的不是趙依依的幫助，他只是不想要讓她受到牽連。急救科的漂亮女主任沒有憤怒、沒有憐憫，甚至沒有絲毫的感情波動。她越是這樣，趙燁越是害怕，在趙依依面前，他就像一個犯錯的孩子。

實際上，趙燁的確犯錯了，而且還是不小的錯誤。如果董楠沒原諒他的話，如果深入追究的話，恐怕入獄都有可能。

然而，董楠老人真的很守信用，他沒有追究趙燁的責任，甚至在見到長天大學附屬醫院院長龍瑞的時候，還對趙燁讚譽有加。

「我能多活幾個月完全是趙燁的功勞，對他的處罰是你們自己的事情，但我覺得他還年輕，年輕人應該有改過自新的機會，當然對他不能一點都不追究，但類似開除那種嚴重處罰就免了吧！」

董楠雖然退休了，可他的話在龍瑞那裏還是有分量的。至於趙燁的處罰決定還沒有下來，可誰都知道，作爲一個實習醫生，單獨手術就已經是很大的罪過了，至於偷換肝雖然當事人不追究了，可院方絕對不會輕饒他。

龍瑞表面波瀾不驚，內心卻掀起驚濤駭浪。趙燁這個孩子他是知道的，一個人能完成肝臟移植手術實在駭人聽聞，更加不可思議的是他的膽大包天。

年少輕狂、思想偏激的時代每個人都有過，龍瑞理解趙燁，但不代表不會處罰他，即使當事人不追究，作爲院長卻不能不追究，畢竟無規矩不成方圓，醫院有醫院自己的規矩。

急救科主任辦公室裏，趙燁看到趙依依現在的樣子，整個心都懸在半空中，怎麼都落不下來。這次似乎沒有那麼好的運氣了。

趙依依不知道董楠去找院長的事，當她聽到趙燁犯下這麼大的事時，頓時慌了神，趙燁是她的學生，可兩個人的感情卻好像姐弟一般。

她特別喜歡調戲這個弟弟一般羞澀的大男孩，喜歡與他一起工作，更喜歡把他作爲福星一起進入手術室。

她沒對趙燁說什麼，只告訴他不要擔心，然後一個人去找院長，這位對趙燁前程有著決定性作用的人。

趙依依從小到大給人的印象除了美麗，就是脾氣倔，她從來不求人。哪怕是面對天大的困難，她也會勇往直前一力承擔。然而今天，她卻走進了龍瑞的辦公室，面對院長冷冰冰的面孔，低下了她驕傲的頭。

龍瑞很享受這樣的感覺，他當院長這麼多年，趙依依從來沒對他低過頭，哪怕是在競爭院長最激烈的時候，趙依依最需要幫助的時候。

「院長，我希望你能對趙燁的事寬大處理，誰都年輕過，誰都有犯錯誤的時候。這次不過是個小錯誤，希望你能幫幫他。」

趙依依主動來爲趙燁求情，當然她不知道當事人董楠已經來找過龍瑞，更不知道董楠的真實身分，不知道他的話在龍瑞這裏的分量，更不知道龍瑞並沒打算毀掉趙燁。

「我心裏有數，這件事趙燁算是好心，可是醫生就是醫生，不能為所欲為。」

「這事我也有責任，畢竟他是我的實習醫生，我只希望能從輕處罰他。對我，你可以任意處罰。」趙依依說得很真誠，龍瑞看得出來，可他有些不理解。

趙依依是個美麗且極有野心的女人，事業對她來說重於一切，這是人人都知道的。現在是趙依依事業最關鍵的時期，院長換屆近在咫尺，她不容許有任何閃失，任何失誤都會被對手抓住。

可今天她卻為了手下一個小實習醫生而將責任攬上身，難道她不怕對手針對這點攻擊她麼？難道她放棄了對院長的職位？

「無論什麼後果，你都願意承擔？」龍瑞彷彿第一次認識趙依依般盯著她問道。

趙依依略有遲疑，緩緩開口道：「是的，我只希望你能將這件事平息，我相信你也不願意看到一個年輕而富有才華的醫生因為這件事而殞落。」

「你先回去吧！我會給你個滿意的答案。」龍瑞覺得事情沒那麼簡單，可仔細想想趙依似乎只是簡單的保護趙燁，而當事人董楠似乎對趙燁也沒有怨恨，更多的反而是保護。

有時候小小的懲戒也是一種保護，龍瑞覺得趙燁這個實習醫生能得到這麼多人的青睞並非偶然，他肯定有自己獨特的魅力。

作爲領導永遠不會給下屬明確的答案，他們給出的只是暗示，這就是所謂的御人之術。深明此理的趙依依應該聽得出來，龍瑞準備放過趙燁，可她沒識趣地離開，而是繼續留在院長辦公室。

「我希望能聽到你的處罰決定！」

「好吧，趙燁實習醫生的身分暫時被中止，他在醫院只能看病人，不許單獨接觸病人，不許進手術室。至於你的處罰，我們會開會研究。」

「謝謝你。」

趙依依最怕的就是給予趙燁開除等處罰決定，那麼他就失去了行醫資格。趙燁只是一個實習醫生，怎麼說都是個小人物，可有可無的小人物。

龍瑞記得，三年前自己破格將趙依依提爲科室主任的時候，她也沒如此真誠地感謝過自己，他還沒回過神來，趙依依已經轉身離開了。

走出院長辦公室的門，趙依依終於鬆了口氣，此事能夠如此解決，已經是她能想到的最好的情況了。

或許永遠也沒有機會競爭院長了，或許李中華當選院長會對她進行打壓，但那一切都不重要了。

落寞的趙依依低著頭走出沒多遠，就看到站在不遠處的趙燁，他斜倚著牆，看到趙依依後，向趙依依走來。

在與趙依依擦肩而過的一剎那，趙依依聽到趙燁那熟悉的富有磁性的聲音。

「我不想連累任何人，即使是讓我離開長天大學附屬醫院，我也要挺著胸膛離開！」

趙燁想瀟灑地揮揮手，然後露出不在乎的笑容對所有人說，我趙燁走了，不連累任何人，一人做事一人當，我問心無愧。

然而他還沒來得及揮手，就被趙依依一個爆栗敲得他哭爹喊娘，更談不上什麼瀟灑。趙依依的怒火不止於此，接著她拉著趙燁的耳朵，將他拖到安靜的樓道中。

院長辦公室在頂樓，很僻靜的地方，特別是樓道這裏，因爲沒有人走樓梯，讓樓道成爲理所當然的最佳聊天場所。

「你別犯傻了，事情我已經解決了，你老老實實當你的實習醫生。不用你去充當英雄好漢，現在不用，以後更不用。」趙依依鬆開捏著趙燁耳朵的手，俏麗的臉上滿是怒容。

「事情根本與你無關，這是我一個人的事情。」趙燁揉著微微發紅的耳朵，小聲嘀咕著。

「你是傻瓜嗎？不管怎麼樣，你現在要做的就是在家裏待著，或者去其他地方散散心，總之你不能出現在醫院裏，一直到這件事情平息。」

趙依依的雙手放在腰間，一臉的不容置疑，趙燁還想說什麼，可終沒說出口。他知道趙依依是認真的，無論如何她都會保護自己這個毫無價值的實習醫生。

此刻說任何感激的話，都顯得蒼白無力。

醫院目前對趙燁的懲罰，是暫時不讓他接近手術台，不能接觸病人。趙燁在醫院成了毫無用處的閒人。因爲這些處罰會讓他在醫院無所事事，甚至比醫院後勤管理部門還清閒，與其如此，還不如乾脆賴在家裏徹底變成宅男。

趙燁拎著鑰匙，哼著不成調的歌，慢慢走回他的出租小屋。當他邁上門口第一個台階時，發現自己家的門是虛掩著的。

難道禍不單行，真的被盜了？趙燁發現了門口閒置的空啤酒瓶子，於是拿在手裏輕輕走進去。

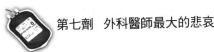

趙燁一共有兩次覺得家中被盜，可這兩次都是俞瑞敏這個傢伙被誤認爲是小偷。拎著啤酒瓶子的趙燁進屋第一眼就看到了俞瑞敏。齊瀏海頭髮，可愛的大眼睛，穿著胸口帶有卡通圖案的上衣。

「你怎麼跑我這裏來了？」趙燁看到不是小偷，終於放鬆了緊繃的神經。

「我……」俞瑞敏低著頭，聲音小得猶如蚊子：「我走習慣了，前些天我總是來這裏……一不小心走習慣了。其實我就是想來看看你，我聽說你在醫院的事情了。」

趙燁看著俞瑞敏那副關心的樣子，心中不由一陣溫暖，用手摸摸她的頭，說：「別擔心，你看我好好的，過幾天就好了，這些天我就當宅男了。」

俞瑞敏當時還以爲是戲言，可趙燁真的變成了宅男，還是快樂幸福的宅男，每天早上他都用純偶像派的歌聲記憶晦澀難懂的中醫藥歌賦。然後又用整個上午的時間專心研究江海留給他的那些珍貴而又古老的典籍。

下午更是逍遙，睡過午覺，他或者解剖小動物，或者去學校在屍體上進行模擬手術。又或者去醫院借用剛剛購買的，隆輝公司生產的仿真模型，進一步強化對人體結構的瞭解。

最快樂的是晚上，趙燁每天晚上都在研究手術的錄影，趙依依害怕趙燁無聊，特意找來很多名醫手術的錄影。

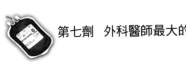

這些東西可是寶貝，無論花多少錢都買不到的東西。

趙燁喜歡模擬手術，當他觀看錄影的時候總是將術者幻想成自己，然後觀察自己與錄影裏術者的差距。

趙燁曾經一直想要這樣的假期，前一段時間趙燁進行了好幾台手術，看了很多病例，他需要一段時間來消化新吸收的知識，更需要一段時間來訓練，爲了能夠面對更高難度，更大風險的手術。雖然之前趙燁進行的都是最基礎的訓練，可對趙燁來說也是最有效的訓練。

趙燁的宅，在其他人眼中成了放逐，長天大學附屬醫學院很多人對年輕的實習醫生趙燁的遭遇唏噓不已。

這位年少得志的小傢伙如彗星般崛起，卻又突然墜落，其速度之快，變化之大讓人咋舌。

無論別人怎麼看，趙燁都不在乎，特別是劉兵的妻子知道整件事情後，帶著兒子來趙燁面前當面道謝的時候，還有趙燁聽說董楠利用生命最後幾個月在國外旅行的時候。

皆大歡喜的結局，董楠獲得了額外幾個月的生命，可以完成一直以來的夢想。劉兵則冒名頂替做了手術，拯救了生命，挽回了幸福，所有的手術費用都是董楠出的。

這一切讓趙燁感到十分欣慰，他的心情也因此好了許多。可是天天給趙燁送飯的俞瑞敏卻不這麼認為。

外科醫生最大的悲哀就是遠離手術台，俞瑞敏不懂這些，可她能看出趙燁眼神中隱藏著的些許落寞。她可以看出趙燁在解剖動物時，研究人體解剖模型時的狂熱。

俞瑞敏覺得沒有了手術的趙燁，慢慢失去了靈魂，變成了一個木偶。儘管他看起來很正常，每天依舊很陽光地微笑著，可她知道這微笑和以前不一樣，帶著一絲苦澀。

時間有時候是解藥，有的時候卻是毒藥。

在趙燁離開長天大學附屬醫院十幾天後，人們就忘記了這個膽大包天的實習醫生，似乎他從來沒存在過。

時間讓人們遺忘，讓趙燁犯的錯誤漸漸消散，可時間也讓趙燁的心備受煎熬。

開始的時候趙燁還在努力，還在自我安慰，每天堅持訓練，然而趙燁的耐心卻一點點消逝，單純而枯燥的基礎練習讓他快發瘋了。但他始終微笑著，堅持是為了那些關心他的人而堅強著。

變身宅男的趙燁猶如一台機器，每一步都遵守時間，每天堅持唱歌、看書、進行手術訓練。

醫學院的實驗室、家兩點一線的生活枯燥而乏味，但很快這樣的生活就改變了。一位神秘訪客打破了趙燁枯燥的生活。

神秘的訪客是位留著平頭的男子，身著名牌手縫西服，微微瞇著的眼睛精光四射。站在門口的男子遞給趙燁一張名片，恭敬地說道：「你好，我是明珠集團下屬易盛藥業的人事部副經理，劉承。」

趙燁迷惑地接過他手中的名片，那是一張鍍有金箔的名片，簡略地寫著明珠集團，以及劉承的職務姓名。

「不知道您有什麼事？」

「我想您應該請我進去坐坐，然後詳談。」劉承微笑著說。

趙燁笑著說對不起，事情來得太突然，他都忘記了，他請劉承進屋，倒茶賠罪。在此期間，趙燁一直在觀察劉承，同時也在想他的目的。

趙燁聽說過明珠集團，卻沒聽說過其下屬的易盛藥業，更不清楚這傢伙的目的是什麼。

劉承看出趙燁的疑惑，禮貌地喝了口茶水，緩緩開口道：「我看到了你在隆輝醫學研討會上的手術，很欣賞你的高超醫術。知道你正在休假，我想邀請你去海市，參觀一下我們易盛藥業，並且探討我們合作的可能性。」

趙燁聽到這話，差點沒拿住手中的暖水瓶，他不明白自己一個小小的實習醫生憑什麼能讓大集團的人事部經理親自跑一趟。

曾經，趙燁追求的不過是個能養家糊口的工作，穩定、薪水豐厚就是他最大的夢想。不求呼風喚雨，不求叱吒風雲。

然而，命運是一條不可捉摸的線，將看似毫不相關的人聯繫到一起，各種讓人琢磨不透的事情隨之而來，趙燁做夢也不會想到自己一直被嘲笑的堅持，能夠成功。

在長天大學畢業生代代相傳的故事中，總部位於海市的明珠集團是個黑洞，專門吞噬簡歷的黑洞，不知道有多少年沒招收過長天大學的應屆畢業生。任你把簡歷寫出花來，投過去都是石沉大海，根本掀不起一絲波瀾。

趙燁當然知道這個傳聞，然而今天卻打破了他多年來的認知。明珠集團不僅主動找趙燁，更安排了人事部副經理劉承來找他。

長天大學醫學院任何一個畢業生受到這樣的待遇，恐怕都會感激涕零，死心塌地的拿出筆簽上自己的名字，也不管是合同書還是賣身契，然後跑到長天大學的論壇上炫耀一番。

然而，趙燁面對這樣的邀請，卻平靜得猶如湖面，沒有一絲波動。

如果是半年前，在他跟變態大叔醫聖李傑學習之前，恐怕趙燁會跟大多數人一樣欣喜若狂。

然而現在他已經變了很多，憑藉趙燁的醫術，想在任何醫院找到一份工作都不困難，雖然這次他遭受了處罰。

可用人單位不會計較，就像明珠集團的易盛藥業，在劉承他們看來，那點兒小錯誤比起趙燁的醫術，根本不值一提。

醫院永遠都不缺病人，但醫術高超的醫生卻很少。

看到趙燁陷入沉思，劉承笑了笑說道：「你不用急著給我答覆，我可以等。我就住在第五大街的悅美酒店，這是我的電話號碼，如果你想好了，可以打電話，也可以直接來找我。」

趙燁阻止了正準備寫電話號碼的劉承，緩緩說道：「不用了，我跟你去一趟海市吧。」

「你決定了，什麼時候能走？」劉承驚訝地問道。

「當然是越快越好。」趙燁淡淡地道。

劉承看不透眼前這個總是微笑的年輕實習醫生，根據資料，劉承覺得趙燁不是一個這麼隨便的人，更不是個貪戀錢財的傢伙。現在的趙燁讓他迷惑，不過他總算不辱使命，完成了任務，也就不想那麼多了。

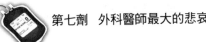

「如果可以，明天就出發。」

「好，明天就出發。」

趙燁走得很急，甚至沒當面跟趙依依等人打招呼。他匆匆留下一封信給俞瑞敏，打了電話給趙依依等人。

關於離開，趙燁思考了很久，不是一時衝動。因爲枯燥的訓練對他來說雖然頗有成效，可畢竟不是長久之計，經過長時間的基礎練習之後，他需要實踐操作來鞏固知識。

離開也是對未來發展的考慮，趙燁厭倦了長天大學附屬醫院內無休止的鉤心鬥角、利益紛爭，還有那死板的規定、等級的劃分等等。

趙燁在某些時候是個完美主義者，例如在工作上，他想要的是沒有等級劃分，能夠平等合作的醫療體系，是一個沒有浪費，沒有特權的醫療體系，是一個充滿人情味，讓患者真正喜歡的醫療體系。

這次離開算是一次短暫的逃避，更是一次追尋夢想，尋找前途道路的嘗試。

坐在飛機上，趙燁一直在想，這個明珠集團是不是像外界傳言的那樣，行事公正、風氣自由、工作富有激情，只要有能力，就能在那裏實現夢想。

下了飛機，趙燁又打了幾個電話，告訴趙依依等人不要擔心，然後關機，開始全心全意地認識這個陌生的城市，海市。

海市在歷史上默默無聞，直到近代因爲其特殊的地理位置，因爲本地人的聰明勤勞，經濟飛速發展，一躍成爲中國最重要的城市，也是最國際化的城市。

在寸土寸金的海市，明珠集團同許多大公司一樣，在市中心耗費鉅資建起了雄偉高樓，用其雄偉的建築規模與奢華的裝飾來炫耀明珠集團的實力。

在全國各地幾乎所有一線城市都有他的分公司、廠房等等。但公司的中心在海市，海市的總部就像明珠集團的大腦，所有的決策都由這裏發出。

趙燁是第一次來海市，比起家鄉的城市，海市無疑更漂亮更具大都市氣息。寬闊的街道，高聳的摩天大樓，熙熙攘攘的行人無一不在訴說著這裏的繁華。

下飛機前，劉承就已經安排好了一切，走出機場，一輛賓士直接將趙燁送到明珠公司建立的專門接待客人的賓館。

海市有很多知名的賓館，其中最豪華最大的就是明珠公司的這家，也就是趙燁居住的這裏。對於這個安排，趙燁有些受寵若驚，猜不透爲什麼明珠會如此盛情招待自己。

既來之則安之。

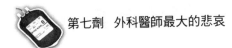

趙燁不過窮學生一個，沒什麼值得對方覬覦的。雖然是這麼想，但趙燁也明白，或許他真的無意中得到了什麼東西，不過自己還沒發現，而明珠公司卻先知道了。

成功的商人從來不會做虧本的生意，明珠集團無疑是頂尖的商人。

「你先休息一下，我就住在隔壁，等一下我會給你安排接待人員。」劉承將趙燁送到賓館的房間後，恭敬地說道。

趙燁見到住的是如此豪華的賓館時，就覺得這次的玩笑開大了，正在他發呆的時候，劉承的一番話讓他更覺得如此。他只是個小人物，根本不配單獨的接待人員。

「那個，我想知道，我們什麼時候能坐下來談談呢？」趙燁此刻最想知道的是他們的目的，於是試探著問道。

「這個不用著急，你先在這裏住下，先玩幾天，等安排好了會通知你的。」

趙燁還沒來得及再次發問，劉承已經轉身離開了，趙燁望著奢華的房間有些迷茫。這種豪華的賓館，他應該安心地住下麼？

來海市一半是爲了逃避，另一半是爲了尋找事業上的新突破口，但眼前明珠集團的態度，讓他看不清。

趙燁的房間位於賓館的三十四層，站在落地窗前俯瞰整個城市，有一種君臨天下的感覺，似乎一切都能抓到，似乎掌握了一切。

然而這只是錯覺，趙燁此刻不能掌握任何東西，甚至連自己的前途都十分迷茫，在趙燁多愁善感的時候，門外傳來了敲門聲。

趙燁以為是劉承，當門打開後，站在門口的卻是位二十歲左右的男子，同劉承一樣身穿西服，不過他這身只是普通的西服，同劉承那身手工西服差太多。

「你好，我是陸海。劉經理派我來負責您這幾天的生活，如果您有什麼問題儘管說。」年輕人很禮貌地對趙燁說道。

接待員？趙燁一直以為劉承不過是說笑話，並沒當真，此刻他真的不知道怎麼辦好了。畢竟自己只是個實習醫生，連人家明珠公司到底要做什麼都不清楚。趙燁從小被灌輸了吃人嘴短，拿人手短的想法。此刻他更想早點知道，明珠公司到底要提出什麼樣的要求。

「您是第一次來海市吧，如果您現在不累的話，我可以帶您到處轉轉。」陸海不等趙燁回答，繼續說道：「如果您比較累的話，離這不遠有個音樂廳，這兩天在舉辦鋼琴比賽，水準還不錯，可以去聽聽音樂放鬆一下。」

趙燁根本沒有拒絕的機會，年紀跟他相仿的陸海應該是第一次接待客人，趙燁知道他無論怎麼拒絕，陸海都會找出新的花樣。

在實習醫生趙燁看來，音樂就像一條DNA密碼，這條密碼裏面包含了潛意識資訊：那種聽音樂能讓人感覺放鬆、坦蕩、催眠、激發力量等等都是它的表現形式。音樂不僅能彌補生命的缺陷，甚至有很多人偏激地認爲它可以替代生命的某些部分。

人生的大起大落，風雲際遇，也許得花幾十年才能完成。但一曲短短幾分鐘的奏樂，就能把人生喜怒哀樂的感受嘗遍。音樂的張力，能夠鼓動無窮大的羽翼，載著思緒漫遊整個心靈世界。

舒緩的音樂可以撫平狂躁的心，激昂的音樂可以激發逐漸消失的鬥志。

這是趙燁選擇去聽音樂會的原因，陸海聽到趙燁的決定後露出了淡淡的微笑，這更讓趙燁明白，這傢伙是第一次接待客人。

對此趙燁終於放下了心，如果劉承給他個高檔次的接待員，甚至是美女接待員，趙燁可真吃不消了。

海市的大，遠遠超出了趙燁的想像，陸海所謂附近的音樂廳，開車走了半個小時才趕到，當然這半個小時有一半時間是在等紅燈。

「不買門票？」趙燁對正準備拉著他走進音樂廳的陸海說。

「其實這裏不賣門票的，這是個鋼琴比賽並不是音樂會。鋼琴比賽是不收門票的，但也不是誰都能進去的，我們能進去也是因爲有關係。」

趙燁沒多說什麼，對於音樂他只是略知一二，同一首曲子，大師的境界與新手的青澀，對他來說沒多大差別。

音樂廳裏空蕩蕩的只稀稀落落地坐了幾個人，眼力頗好的趙燁甚至還看到遠處坐著幾位外國人。

鋼琴比賽水準頗高，優雅的音樂直擊心靈，彷彿是對靈魂的蕩滌，淨化了被世俗污染的一切。

趙燁很享受這短暫的純潔世界，這一刻他不用思考任何事情。台上的人換了一個又一個，每次換人都會有人先公佈名字。

「下一位，許菁菁，要彈奏的曲目是……」

趙燁有些不敢相信自己的耳朵，誤以爲自己回到了長天大學。可這明明是陌生的海市，他又以爲不過是名字重複了而已，可台上那熟悉又漂亮的身影讓他知道自己沒有聽錯，更沒有看錯。

台上是那個見到趙燁便會臉紅的女孩，是那位將「醉宿大街」的趙燁拖回家的女孩，害羞、尷尬、聰明而美麗。

趙燁沒想到能在這裏見到她，上一次與她見面還是因爲幫她開假條，那個時候菁菁還請趙燁去看他們學院的晚會。

可趙燁卻因爲劉兵的事情忘得一乾二淨，半個月過去了，趙燁沒想到能在這裏見到她。

台上的菁菁穿著華麗的長裙，頭髮高高盤起，她對觀眾行了個禮，然後坐在鋼琴面前，深吸了一口氣，玉指輕輕舞動。

菁菁彷彿是整個會場的明珠，耀眼的光芒是她高雅的氣質及傾國傾城的美麗。在優雅輕揚的音樂中，趙燁彷彿回到了那個純真的少年時代。

台上的菁菁並不知道台下有人關注著她，台上的她有些拘謹，儘管沒有多少觀眾在這裏觀看，這樣的場面依舊讓她有些緊張。越是害怕越是緊張，台上的她頭腦一片空白，完全憑著多年來練習的本能在彈奏。

曲子的時間並不長，可已經足夠讓菁菁犯錯。當錯誤的旋律傳進耳朵裏時，菁菁才如夢初醒，頭腦不再是一片空白。

然而錯誤已經發生，無論怎麼彌補也是有瑕疵的，在競爭激烈的比賽中，足夠讓她名落孫山。她不知道自己是怎麼結束彈奏的。一曲終了，她迷茫地站在台上，向觀眾再次行禮。

她以為自己這次完蛋了，淚水都已經在眼圈中打轉了。可安靜的音樂廳不知道為什麼爆發出熱烈的掌聲，接著，她看到眼前出現一束鮮花，嬌豔而美麗。

「趙燁？你怎麼在這裏？」比起鮮花，趙燁的突然出現更讓她吃驚。

趙燁什麼都沒說，只微笑著將鮮花放在菁菁的懷裏，然後拉著她走向後台。台下觀眾熱烈的掌聲並不是送給菁菁的音樂，而是送給趙燁勇敢地獻花。

「說來話長，以後有空再說吧。現在你應該準備第二次上台，我知道你們每個人有機會彈奏兩次，你剛剛犯了錯，下一次就必須表現得更加完美。」趙燁對菁菁說道。

「可是我已經犯錯了，不可能獲得第一名了。」菁菁抱著鮮花一副可憐兮兮的樣子，頹然說道。

趙燁歎了口氣，淡淡地說：「這次沒拿到第一又有什麼關係，你應該明白，誰都不可能一輩子永遠拿冠軍。」

「偶爾一兩次失誤，甚至失敗都是允許的，你應該做的就是下一次做得更好。而且現在的情況沒有你想的那麼糟糕。」

「我聽說這只是初賽，就算犯了錯誤，以你的實力完全可以通過初賽。我剛剛一直在台下聽著，你除了那一個小錯誤，其他地方表現得都非常完美。只要下一首曲子你不犯錯，像平時一樣，初賽絕對可以通過。」

趙燁的突然出現是一個驚喜，而他當眾勇敢獻花更讓菁菁備受鼓舞。她這次孤身一人來海市參加比賽，本來就緊張萬分，趙燁的到來讓她感覺有了依靠。

儘管趙燁並沒有什麼實質性的幫助，可人有時候就是這樣，有一個人陪著，有人支持著，總會更加有信心。

台下休息的時間並不長，很快就輪到菁菁第二次演奏。這次比賽分兩次彈奏，最後由評委打分，前三十二名進入決賽角逐冠亞軍。

今夜第二次坐在鋼琴前的菁菁沒有任何壓力，優雅輕揚的音樂讓人忍不住閉上眼睛，細細品味，靜靜傾聽，就如緩緩的小溪，沿著曲折的山徑，款款而來，絲絲縈繞，嫋嫋散開。

相比之前的演奏，菁菁這次簡直是脫胎換骨，趙燁是她改變的最大原因。

一次小小的失誤算不了什麼，趙燁對菁菁說，也是對自己說。這世界上，誰也不可能永遠順利，更不可能永遠是冠軍。

特別是醫生，趙燁記得有位老醫生說過一句話，做一個好醫生就應該準備好下地獄。從前趙燁無法理解這句話，現在他已經漸漸懂了。

直到此刻，趙燁才真正將所有包袱丟棄，曾幾何時，他也懷疑過自己是不是錯了，作為一個醫生就應該遵守醫院的規定。

但現在他想通了，一個真正的好醫生更應該遵守當初從醫的誓言：健康所繫，性命相托！

在菁菁完美畫上休止符的時候，人們期望的上次送花的少年並沒有再次出現，反而是菁菁高興得猶如一隻小兔子，蹦蹦跳跳地跑到後台。

「謝謝你！」菁菁突然緊緊地擁抱著趙燁。

菁菁柔軟的身體，幽幽的體香，讓趙燁表現得猶如一個青澀的大男孩，雙手懸在空中不知道如何是好。

站在不遠處的陸海看到兩個人有些驚訝，他以爲趙燁不過是個剛剛走出校園的老實學生，沒想到他剛來海市就找到這麼個絕色美女。

擁抱並沒持續多久，兩人如觸電般刷一下分開。菁菁的俏臉微微泛紅，低著頭低聲對趙燁說：「謝謝你。」

「不用客氣，要謝我很簡單，決賽的時候讓我來聽你演奏就好了。」趙燁很陽光地笑著說。

「決賽你也會陪著我？那真是太好了！」

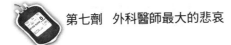

「在海市我就你一個朋友，更何況你的鋼琴真的彈得很不錯，我很喜歡。不過，在這之前，我想我餓了，藝術再高雅也需要填飽肚子，比賽也結束了，不如先去吃飯如何？」

菁菁點了點頭，然後跑去換衣服。看到菁菁離開，一直站在遠處的陸海跑到趙燁身邊，輕輕地說道：「要去吃飯是吧，我知道有個餐廳環境不錯，一會兒我送你們去，放心，我送你們過去後就會消失。」

「我們只是普通朋友，不用這樣。」

「哎，不用說了，我都懂。」年紀跟趙燁差不多的陸海一副老氣橫秋的樣子，拍著趙燁的肩膀說道。

解釋就是掩飾，趙燁知道越描越黑，也沒必要再說什麼，只是淡淡地笑笑。看似平凡的一天，對趙燁卻有著不同的意義，在海市他幸運地遇到了朋友，更幸運的真正放下了一切。

短短的音樂會不過是小小的插曲，然而在這裏，趙燁卻發生了蛻變，他放下了一切。努力了二十多年的趙燁有種感覺，似乎收獲的季節就要來了。

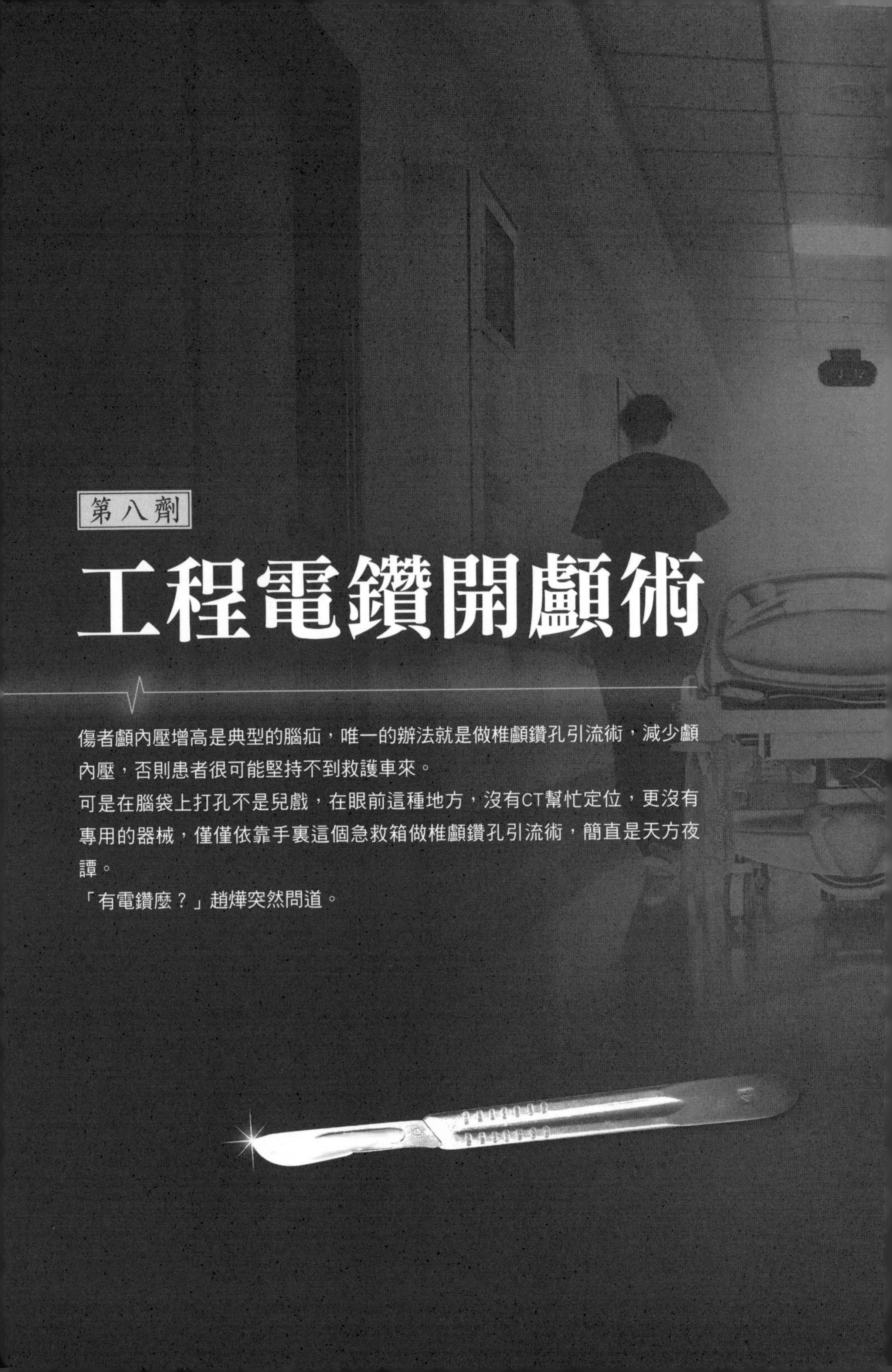

第八劑

工程電鑽開顱術

傷者顱內壓增高是典型的腦疝，唯一的辦法就是做椎顱鑽孔引流術，減少顱內壓，否則患者很可能堅持不到救護車來。

可是在腦袋上打孔不是兒戲，在眼前這種地方，沒有CT幫忙定位，更沒有專用的器械，僅僅依靠手裏這個急救箱做椎顱鑽孔引流術，簡直是天方夜譚。

「有電鑽麼？」趙燁突然問道。

菁菁因為音樂會通過初試而心情大好，又因為碰到了趙燁而更異常高興。菁菁是個美麗、善良的女孩，在趙燁的印象中她還很文靜，甚至還很羞澀。回想起在音樂廳後台那次意外的擁抱，趙燁覺得她今天似乎有些不一樣，或許是勝利的興奮，又或許是趙燁那束鮮花的作用。

坐在駕駛座上的陸海通過後視鏡瞥了兩人一眼，趙燁跟菁菁雖然沒什麼親密的動作，可陸海卻認定兩人是情侶。

開始他還以為是趙燁手段高超，泡妞手到擒來，可現在看來兩人應該早就確定了關係。不過這也讓陸海有些羨慕，羨慕趙燁這個平凡的實習醫生有如此漂亮的女朋友。

汽車停在一家西餐廳門口，西方風格的建築，停車場附近都是些名車。路上趙燁都在跟菁菁聊天，沒想到陸海竟然將他帶到了這裏。

比起西餐，趙燁更喜歡中國本土風味的東西。況且西餐廳並不是趙燁這種身分的人應該來的地方。

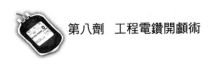

同樣對來到這裏感到驚訝的還有菁菁，她的理由跟趙燁不一樣，對於西餐她並不反感，只是這家餐廳她不是很喜歡。

兩個人都不喜歡這裏，可為了互相遷就都沒有開口，更沒有打擊陸海的熱情，這位趙燁的接待人熱情洋溢地介紹著這家餐廳，接著又安排好了一切，隨後就神奇地消失了。

臨走的時候他塞給趙燁一張信用卡，然後告訴趙燁：「這卡你先用，不用擔心錢不夠，你可以放心地用。」

趙燁不是擔心錢不夠，而是擔心用了這錢的後果。但現在不是計較這個的時候，他接過信用卡的同時就已經決定不用這東西。

陸海消失得很快，快到連菁菁都忘記了這個人是怎麼消失的。當然她明白陸海的意思，與趙燁面對面時，她不知不覺開始心跳加速。

作爲一個醫生，有時候也不好，特別是趙燁這樣的傢伙，跟變態醫聖李傑學習之後，他的望診已經達到爐火純青。

他能看得出菁菁的心率，對心跳加速的意義趙燁很清楚，心情上的愉悅刺激交感神經興奮，進而促進心跳加速。這種非病理性的情況他很清楚會出現在什麼情境中，他很希望自己不知道菁菁對自己的感覺。

其實兩人熟悉又陌生，他們認識的時間並不長，可對待彼此卻如老朋友般。兩人又是如此陌生，他們甚至不知道對方最基本的情況。等待上菜的時候，兩人第一次坐下來聊天，第一次瞭解對方。

「我們認識了這麼久，我只知道你是我們學校的，可你是哪個系的我都不知道。真是不公平，你都知道我是實習醫生了，你也應該告訴我你的情況哦。」

「我是藝術學院的，今年讀大二。」

聽到藝術學院，趙燁如小說主角般虎軀一震，藝術學院是什麼地方？那是長天大學最富有爭議的地方。

很多人都夢想著找個藝術學院的漂亮女朋友，可更多的是吃不到葡萄說葡萄酸的人私下說藝術學院就是藝術妓院，更甚者說，好男不找藝校女。

菁菁的漂亮在藝術學院也是頂尖的，可她明顯只是個單純的大學生，並非世俗人眼中那種女孩，菁菁不是特例，事實上真正被包養的並不是多數。

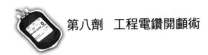

「藝術學院？我很喜歡唱歌哦，而且我還會跳舞。」

菁菁當然不會知道趙燁其實是純偶像派歌手，一點實力也沒有。更不會明白他說的舞蹈不過是身體胡亂扭動而已。她認真地說道：「我是學習鋼琴的，那些並不是我的特長。」

「很多人都說女孩子彈鋼琴的時候最漂亮了。今天你彈鋼琴的時候就非常漂亮，即使我們是第一次見面，我也會送花給你。」

「真的麼？我學習鋼琴十三年了，第一次聽到有人這麼說。如果你喜歡鋼琴，我可以每天彈給你聽哦。」菁菁很高興，這不是第一次有人送花，可像趙燁這樣在大庭廣眾之下送花的卻從來沒有過。

趙燁是個不懂浪漫的人，他想不出做什麼事能討女孩子歡心，更不懂花言巧語，二十多年的生活裏，趙燁更多的是跟著身邊的兄弟天南地北閒聊。

菁菁的美麗與趙燁的平凡似乎並不協調，可兩人親密無間的樣子讓一切都變得很自然。餐廳裏有很多都是情侶，兩人無疑是最特殊的一對。

菁菁對這家餐廳並不陌生，甚至可以說很熟悉，因爲這家餐廳是她朋友開的，她曾經無數次光顧這裏，可最近卻很少來了。

因爲她不喜歡那個朋友，來這裏之前她還猶豫，可爲了遷就趙燁她還是來了。她一直在祈禱希望那個朋友不要過來，然而她的祈禱似乎沒什麼作用。

「菁菁，怎麼你來了也不告訴我一聲。哎，你怎麼吃這種東西，難道你不知道自己有胃病嗎？而且你不是在減肥嗎？」

來的是個高大帥氣的男子，一身名牌服裝，如果只看外表，他比趙燁不知道強了多少倍。他責問菁菁的語氣裏充滿了關心，對趙燁則充滿了敵意。

「胡力，我今天是跟朋友過來的，就沒麻煩你。」菁菁特意強調今天是跟朋友來的，並不是來找他的。

可胡力則當做這是對他的挑釁，他看了看貌似情敵的趙燁，怎麼都不覺得這個傢伙比自己強。他擠出一臉微笑對趙燁打招呼道：「你好，我叫胡力，首都醫科大學在讀博士生。這家店是我家的，你可以放心品嘗。」

趙燁看到一臉堆笑的胡力並不惱怒，聽著他的炫耀更是覺得可笑，炫耀家事、學歷不過是心虛的表現。

事實上胡力的確心虛，菁菁總是對他不冷不熱的，可對趙燁卻和顏悅色，很開心的樣子，他從來沒看過菁菁跟自己在一起如此開心過。

胡力不請自來，完全以主人自居，他坐在菁菁身邊問寒問暖，然後又擺出一副關心的樣子，用他醫學博士生的知識幫菁菁看胃病。

從他賣弄的才學中可以看出，胡力根本就是個半吊子貨色，如果單憑理論知識，他的確是博士生水準，可實際上他那些方法只在考試中有用。

趙燁跟菁菁的關係很奇妙，他們倆連同學都算不上，現在卻如同好朋友般在一起吃飯。但胡力卻半路殺了出來，如果他是個知趣的人，菁菁的好朋友，或許趙燁會熱情邀請他坐下來好好聊聊。

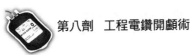

菁菁是個善良害羞的女孩，她從來不懂得如何拒絕別人，即使她不喜歡胡力，可她也不知道怎麼開口讓他離開。

菁菁不知道怎麼開口，可趙燁卻知道，更知道怎麼讓這個討厭的人遠離他們的二人世界。

「胡力你的醫術真的很強啊，不愧是首都醫科大學的學生啊。哎，不是我這種小破學校的人能比的。」

胡力很高興，他最喜歡被別人誇獎，特別是這個貌似情敵的傢伙。他覺得自己正在邁向勝利，連情敵都束手就擒了，菁菁還有什麼理由拒絕。

「你是跟菁菁一個學校的吧，不用擔心，長天大學雖然很差勁，但你只要好好學習，也能找到工作的。」胡力沒注意到菁菁的表情，他忘記了菁菁也是長天大學的，這一句話得罪了兩個人。

趙燁有些無語，沒想到這小子竟然是腦殘型的，得意起來什麼都不想，是個說話得罪人都不知道的傻瓜。

胡力覺得自己應該在菁菁面前再賣弄一下才學，與趙燁的話也多了起來。不斷地炫耀自己，而趙燁則裝出一副呆模樣，讓他胡吹亂侃。

或許是他吹牛感動了上天，也許是讓老天憤怒了。還沒等趙燁將他趕出去，飯店外面突然發生了騷動，然後就聽見有人大叫醫生。

作爲醫生，特別是急救科的醫生，趙燁職業性的第一個跑了出去，而那個將自己說成神醫的胡力則是最後幾個跑過去的。

作爲好醫生，第一準則就是時刻保持警惕。胡力此刻想到的不是救人，而是事故發生在自家餐館，他要付什麼樣的責任。

門口有個人受傷了，是位臉上沾滿血跡殺豬般嚎叫的病人，他身邊是塊磚頭，很明顯，他被砸到了。

肇事兇手已經找不到了，只留下病人在哀號，明顯的顱腦外傷。這樣的病人，神志清楚就表明他傷得不嚴重，趙燁簡單幫他檢查了一下，然後告訴這位喋喋不休的患者。

「你傷得不重，可以回去了。」

「開玩笑，我這還不重？我要住院，不能打了我就這麼完了！」

「如果嚴重，應該昏迷的。」趙燁提醒道。

趙燁剛剛說完，這病人就「昏迷」了，這樣的糾紛幾乎天天都有，嚴不嚴重並不是醫生說了算，而是檢查儀器說了算，更是患者說了算。

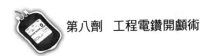

大腦是人體最神奇的組織，只要病人說腦袋痛，醫生就沒辦法證明他是健康的。趙燁讓他暈迷是想讓他安靜點，更是讓那位將自己描述成偉大神醫的胡力順利接手。

「這病人昏迷了，嚴重的顱腦外傷，快點救他，我可不行。」趙燁裝出一副什麼都不懂的樣子。

胡力其實害怕極了，作爲餐館老闆，事情發生在自己的地盤上恐怕要惹麻煩。作爲醫生，他雖然是博士生，可他只是個讀書的料子，面對這樣的病人根本就不知道應該怎麼辦，但在美女面前又不好失了面子，於是硬著頭皮上去救人。

看著上去救人的胡力，菁菁拉了拉趙燁的衣袖問道：「病人很嚴重，你怎麼不去幫忙？我知道你很厲害的。」

「這病人有胡力醫生就夠了，他可是神醫啊，你沒聽他說麼，他很厲害的，他會將病人送到醫院的。」趙燁眯著眼睛微笑著道。

菁菁覺得這微笑很熟悉，似乎上次作弄那無良記者的時候也是這般的笑容。她突然覺得自己很壞，胡力是她的朋友，但她卻眼睜睜地看著，甚至還覺得胡力愁眉苦臉的樣子是罪有應得……

「其實我最瞭解胡力了，他哪是什麼神醫，他那些治療胃病的方法我都能背下來了，他一見到我就跟我說這些，真是煩死了。」

「哦，原來他沒有那麼厲害啊。」

趙燁裝出一副呆模樣開玩笑道：「我還以爲他很厲害，我都不敢說話，怕讓人笑話。其實我一直想告訴你，你現在根本不用刻意減肥，我覺得現在的你非常完美。當然如果你要減肥的話，也不用節食，更不至於爲這些弄出胃病來，我有個好辦法幫你減肥。」

菁菁期待地看著趙燁說：「真的嗎？你不要騙我。」

「當然不騙你，一會兒你儘管吃，然後我給你做個針灸，保證你不胖。」

「那太好了，你不知道我有多想吃那些好吃的，哎，以後有你在，我就不怕了。」

「放心，只要你願意，我可以天天爲你針灸保持身材。」

中國人對待感情大多比較含蓄，不像歐美人那麼直接。比如中國人不會隨意的表露出自己的感情，不會同歐美人那樣每天都將「我愛你」掛在嘴邊。

然而朦朧而含蓄的感情，有時候比起熱烈如火的直接更加深沉，更加讓人難以忘懷。猶如茶的淡然回味與酒的豪邁熱烈。

每個女孩都希望自己更漂亮，對於身材容貌她們有著近乎苛刻的追求，於是在海市的趙

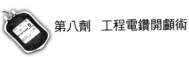

煒有了一個新的任務，那就是每天抽出兩個小時幫助追求完美身材的菁菁針灸減肥。針灸減肥是江海留下的經典方法之一。

在海市的趙煒時間很充裕，每天拿出兩個小時並不困難。況且對他來說，這兩個小時並不是浪費，針灸對於他這樣一個初入中醫殿堂的新人來說是重要的鍛煉，當然他不會把柔弱的菁菁當做練習對象，實際上每次他都會先在自己身上練習。

對於菁菁的特殊感覺沒讓趙煒迷失，他知道自己此行目的是什麼。特別是昨日在西餐廳結賬時，那讓人咋舌的帳單以及胡力狗眼看人低的盛氣凌人，成了趙煒記憶裏揮之不去的黑暗。

趙煒習慣了身邊帶本書，上高中的時候通常帶小說，上了長天大學醫學院後他身邊通常帶著一本醫學類書籍。

此刻在海市，趙煒身邊帶著江海留下的一本書，泛黃的書皮上有龍飛鳳舞的四個大字「江家醫訓」。

書的第一頁寫著：「天行健，君子以自強不息。」教育著江家後人，更教育著趙煒這個江家醫術的外姓傳人。

趙煒已經過了憤青的年齡，他不會自怨自艾，痛恨社會不公，怨恨父母沒有讓他生來便地位卓越。

趙燁將陸海給他的信用卡原封不動地還了回去，並且很認真地對這位趙燁的專職接待人員說：「我必須去見你們的經理，否則我今天便會離開。」

陸海原本以爲趙燁昨天過得很愉快，卻不想今天突然提出這樣的要求。於是他對趙燁說：「這樣的大事不是我能做主的，我得打電話問問。」

趙燁見自己的威脅起了作用，於是故意板著臉繼續說：「那你快點，既然合作就要有誠意！」

很快陸海打完了電話，看他鬱悶的表情就知道，他肯定被電話另一頭的領導給訓斥了，訓斥他招待不周。

「行了，我帶你去開發區看看我們易盛藥業的新廠房，然後我們經理會見您。」

「謝謝你，我會對你們經理說，你這幾天對我照顧得很周到。」趙燁見陸海因爲自己被訓斥有些過意不去，於是拍了拍他的肩膀說道。

海市的開發區距離賓館很遠，開車要一個多小時才能到。開發區比不上市中心繁華，沒有高聳入雲的摩天大樓，這裏有的是無數廠房，和辛苦工作的年輕人，更有無數的夢想。

趙燁覺得這裏舒服很多，他甚至還有一種莫名的激動。坐在駕駛座上的陸海對趙燁的激動不以爲然，淡淡地對趙燁說：「其實你完全可以多玩幾天的，反正公款報銷，而且我聽說這次是老總親自下令要你的，我實在搞不明白你爲什麼有福不享？」

「我還不知道我爲什麼這麼值錢呢，怎麼會給我這麼好的待遇。」趙燁微笑著說道。其實他不能安心地玩下去多半是這個原因，他不知道對方想要什麼。

「可能你的過人之處太多，你自己也不知道吧。」陸海此刻的語氣酸溜溜的，他覺得趙燁是得了便宜還賣乖。

實際上趙燁的確不知道爲什麼，更想不到竟然是明珠集團老總親自下的命令，這讓他更加期待此次會面了。

汽車飛馳在通往開發區的道路上，陸海又對趙燁說：「可能以後我們會是同事，希望你這次能夠成功。」

還沒等趙燁對陸海說聲謝謝，汽車的速度突然放慢下來，前面的道路上出現了幾個受傷的行人，他們揮舞著手臂示意停車。

「哎喲，前面有人受傷了，我們下車看看。」趙燁望著窗外說道。

「可是你要見我們經理啊，如果你遲到了會給經理留下很差的印象，你要知道我們公司最講究紀律嚴明，特別是時間上的紀律，遲到一分鐘也不行。」陸海提醒趙燁說。

路上的人看起來傷勢並不嚴重，面對這些非親非故的陌生人，多數人都不會因爲他們而耽誤了自己重要的面試機會。

可趙燁卻不同，即使那幾個人一身民工的打扮，沒錢沒勢力，可趙燁根本就沒考慮，直接命令陸海停車。

那幾個滿身是傷的人在這裏攔車已經有一會兒了，可連續好幾輛車路過，根本看都不看他們一眼，更別說停下了。

老實的農民工不敢站在路中央強行將車截下，唯一的辦法就是祈禱好心人幫助。趙燁是個醫生，更是個好心人。

幾個農民工傷勢看起來並不嚴重，可滿身的血跡看起來觸目驚心，外傷失血過多也會有危險的，這也是趙燁停車的原因。

陸海看到這群傷者，有些驚慌失措，對這樣的麻煩事他最害怕了，印象中他還記得社會上流傳的種種訛詐事件。

「我們還是走吧，萬一他們是故意訛詐我們，恐怕到時候有理也說不清。」陸海的擔心也不是毫無道理，近幾年來社會上出現了不少這樣的事情。

趙燁知道有那樣的人，但他並不同意陸海的觀點，搖搖頭說道：「騙子再厲害也不會真的自殘吧，他們的傷都是真的，就算他們是騙子，這個社會也是講證據的，他們這麼重的傷總要有個受傷現場。」

幾個人看到趙燁跟陸海兩人下車，猶如抓住了救命稻草，相互攙扶著，步履蹣跚地圍了過來，不等趙燁詢問情況，他們便七嘴八舌地說了起來。

「救命啊！我們受傷了，要死人了。」

「你們不用害怕，你們傷得並不嚴重，沒有生命危險。你們叫救護車了沒有？」趙燁幫他們簡單檢查了一下說道。

「打了，他們說救護車馬上就來，可到現在也沒來。我們是受傷最輕的，還有幾個人在那邊，請你救救他們。」其中一位受傷較重的人躺在路邊說道。

這裏屬於開發區的地段，距離最近的醫院也有一段距離，救護車跑到這裏要一段時間。而且這些受傷的人都是外來的打工人員，他們對地理位置說得並不明確，因此又耽誤了一段時間。

趙燁皺了皺眉頭，意識到這些人受傷沒那麼簡單，猶豫了一下說：「你們怎麼受傷的，受傷的人在哪裏，來個人帶我去。」趙燁轉過來對陸海說：「你把車橫在路上，多攔幾輛車送他們去醫院吧。」

陸海一看不對，趕緊拉住趙燁，著急地說道：「你可不能亂來啊，還是等救護車過來吧。」

「放心，我不會亂來。」趙燁不過是個實習醫生，更是一個犯了錯不允許行醫的實習醫生，儘管他救治病人從來沒失誤過，然而他卻被醫院不允許隨便行醫。

直接奔赴事故現場的趙燁在路上又打了一次急救電話，確認救護車在路上才放下心。帶路的那位受傷較輕的患者很著急，他一路飛奔趕到事故現場，甚至比健康時還快。

事故原因是一座廢棄廠房的坍塌，至於坍塌的具體原因已經不清楚了，好像是這些工人在拆除廠房時突然坍塌。

現場一片狼藉，到處是瓦礫與哀嚎的傷者，還有幾個受傷較輕的人，正在設法幫助其他人。

看到不遠處幾個人正準備將一位昏迷不醒的傷者抬走時，趙燁突然大吼一聲：「都別動手！」

在場的所有人都嚇了一跳，被趙燁的怒吼震得愣在那裏不敢動了。趙燁跑過去指揮他們慢慢將傷者放在原地。

「你們這樣會好心辦壞事，他們被高空掉落的物體砸中，脊柱可能受到損傷，這樣搬運會讓他們傷勢加重的。」

「你是醫生？求你救救他們吧。」趙燁的話讓幾位好心辦壞事的人後悔不已，他們紛紛請求趙燁幫忙救人。

趙燁很想救人，可他只是個實習醫生，還是個犯錯的醫生。原本他就沒有資格給患者看病，更沒有資格在醫院外隨便救人。

「你們放心，我已經打了急救中心的電話，救護車馬上就來，另外帶我去看看受傷最嚴重的人。」

事故現場雖然殘酷，然而在場的人受傷並不嚴重，目前還沒發現死亡。所以趙燁的推脫並不是不顧生命流逝的推脫，而是在全力救治傷者的情況下最大程度保護自己。

醫生救人的時候不應該考慮許多，但要量力而行，要看情況來做決定，趙燁現在應該做的就是保護好傷者，等待救護車到來。

然而，有時候事情並不是那麼如意，受傷的工人們在驚慌失措中將趙燁當成了他們的救命稻草。

他們慌忙帶著趙燁找到受傷最重的患者，被坍塌的牆壁壓住的傷者，只能看到滿是鮮血的上半身，病人意識模糊，不停地呻吟著。

在他的身邊，幾位要好的朋友正在想辦法救他，無奈他被壓在瓦礫中，沒有機械的幫助根本無法將他救出來。

被困傷者的朋友滿懷希望地看著趙燁，年輕的趙燁讓他們矛盾，年輕人的醫術不一定過關，但畢竟是位醫生。此刻他們只能求助趙燁，著急的人們差點下跪。

趙燁蹲在患者身邊，給他急診，心裏也很矛盾，這裏什麼設備都沒有，更困難的是他此刻是戴罪之身。

患者救活了還好，如果死了，不管他的治療有沒有幫助，他都要受到處罰。聽起來或許很荒誕，可事實就是如此。

治病救人沒時間猶豫，趙燁管不了那麼多，首先保住患者漸漸逝去的性命才是最重要的。

簡單的檢查後，趙燁發現患者的傷沒有那麼簡單，他傷口太多，此時嚴重失血，更重要的是他頭部受到嚴重撞擊，此刻意識模糊，瞳孔逐漸放大，很明顯的腦疝症狀。

事故已經發生有段時間了，患者傷勢嚴重，此刻趙燁如果不救他，過不去自己這一關，作爲一個醫生，他無法眼睜睜地看著患者死亡。

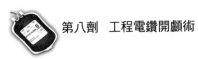

如果趙燁不做緊急處理，等救護車趕到再送醫院，最快也得二十分鐘，一條人命估計就沒了。

面對突發事件，趙燁沒時間猶豫，他下定決心要先救人。

醫生是什麼？醫生在離開了合法的執業機構就不是醫師了，頂多是一個以醫療爲職業的普通人。

開句玩笑話，任何醫生在醫院外給人看病都是違法的。趙燁還記得學校有位老師說過，你們在醫院外面出現了緊急情況也不要去管，最多把他送入醫院，救治這個病人。不要以爲你有多偉大，因爲離開你工作的醫院，你根本就沒有行醫的權利。

聽起來有些偏激，但在醫患關係緊張的國內，的確是這樣的。

法律雖然是這麼規定的，但真正去控告醫生的人並不多。畢竟那種被醫生救了卻恩將仇報的白眼狼是少數。

可這個少數卻讓很多醫生害怕，很多時候遇到緊急的患者，救還是不救都在醫生的一念之間。

拋開法律不講，在這樣特殊的環境下，作爲一名有愛心的醫生，毫無疑問應該挺身而出。

但從自我保護來看，如果碰到危險的狀況，醫生根本不應該出手，起碼現在如此。

趙燁或許是個特例，他不相信這群樸實的農民工兄弟會變身白眼狼控告他，他一直覺得濟世救人是醫生的基本職責，至於自我保護，比起生命來說，冒點風險算不上什麼。

將顧慮拋在腦後的趙燁，此刻面對的是藥物以及醫療器械的匱乏，雖說一個好醫生不能依賴先進的儀器，可醫生也不可能完全靠雙手來治病。

在趙燁的命令下，救治同伴的急切心理讓那些受傷較輕的患者開始四處奔波，爲趙燁找來各種可能成爲醫療器械的東西。

對這樣的患者，首先要做的是止血，因爲目前對生命威脅最大的就是失血過多，恐怖的外傷觸目驚心，被強大外力掀開的肉皮混雜著泥土與血液，手臂斷裂的尺骨甚至要衝出肉皮外。

然而這些都不是致命的，解決這些問題僅需包紮止血、接骨療傷就可以了。對這樣的工作，趙燁完全沒有問題，如果只看基礎操作，恐怕沒有多少人比趙燁強。

在缺少藥物與繃帶的情況下，趙燁儘量用乾淨的衣服撕成長條，將患者的出血點包紮起來。

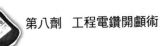

包紮進行到一半時，有人找到了急救箱，其中有一個簡易的手術包。這給急救帶來了極大的幫助。

「啊，啊……」半昏迷狀態下的傷者不住地慘叫，劇烈的疼痛讓他滿臉汗水。

接骨的疼痛是難以忍受的，傷者的幾位朋友在一旁忍不住轉過頭不敢觀看，彷彿是傷在自己身上。趙燁雖然年輕，可在這行卻手法老練，處事果斷絲毫不拖泥帶水。

「好了？他沒事了吧，是不是能等到醫院的人來救他？」傷者的一位朋友說。

趙燁沒有直接回答他，因為他也不能確定。再次將傷者的眼瞼翻開，觀察瞳孔的情況。傷者顱骨骨折，抽筋、雙側瞳孔散大，漸漸失去了所有意識感覺，即使劇烈的疼痛對他來說也沒有絲毫的感覺。

傷者顱內壓增高是典型的腦疝，唯一的辦法就是做椎顱鑽孔引流術，減少顱內壓，否則這患者很可能堅持不到救護車到來。

可在腦袋上打孔不是兒戲，即使在醫院裏也是很有經驗的醫生才能做。在眼前這種地方，在沒有CT幫忙定位，更沒有專用的器械，僅僅依靠手裏這個急救箱做椎顱鑽孔引流術，簡直是天方夜譚。

「有電鑽麼？」趙燁突然問道。

爲了拯救好友，現在趙燁無論提出需要什麼，這些人都會想辦法給他弄來，沒過兩分鐘，電鑽就送過來了。

趙燁用碘伏將電鑽消毒後，慢慢閉上了眼睛，他沒有進行下一步的動作。他在等待，等待救護車的奇蹟出現，然而，不知道是什麼原因，救護車還是沒到。

他不能再等了，如果救護車現在到來，他也不會冒險。畢竟送到醫院對患者的健康更好一點。但此刻這裏太過偏僻，救護車還沒到，趙燁別無選擇。

「現在僅僅是開始，失血過多是他最大的威脅，但處理起來卻沒那麼麻煩，只是他還有一個大問題，就是腦袋的問題。」趙燁頓了頓接續說道，「他顱內壓過高，必須立刻開顱，但他被壓在這裏，沒辦法送去醫院的手術室，現在我要給他做椎顱鑽孔引流術，這是唯一能救他的方法，我希望得到你們的同意。」

「我們不太明白你的意思。」傷者的一位朋友說。

「我的意思就是在他頭上鑽個洞，把裏面的淤血放出來。要不然他很危險，當然，鑽孔也很危險，希望你們能理解。」趙燁用最通俗的語言說道。

用電鑽給頭顱開洞？普通人看來實在是嚇人，可對於腦外科的醫生來說，卻是再正常不過。特別是椎顱鑽孔引流術，這種鑽孔取出淤血的手術經常會遇到。

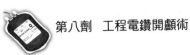

傷者的幾個朋友沒有猶豫，因爲誰都看得出來，如果不救人，傷者恐怕死定了。在生與死之間沒有時間猶豫，他們只有一個選擇，也是正確的選擇，那就是相信醫生，儘管他只是一個實習醫生。

在得到同意後，趙燁打開電鑽，深深地吸了一口氣，電鑽的嗞嗞聲讓人不禁爲他捏了一把冷汗。

醫院裏顱腦鑽孔用的是專用的電鑽，這種普通的電鑽不像手術鑽那樣，打穿顱骨的時候會自己停下來。用普通的電鑽只能靠個人的技術，憑藉經驗，憑藉感覺，更是憑藉對人體的瞭解，才能不傷害脆弱的大腦。

沒有CT的定位，沒有專用的器械，這對任何一個醫生來說都是巨大的挑戰。醫生在這樣的情況下沒辦法逃避，他們必須接受一切挑戰。

在趙燁準備動手的時候，傷者的一位朋友對趙燁說道：「他還有雙親跟孩子要養，醫生，我希望你能夠救活他。」

短短的幾句話卻包含了無數的語言，趙燁明白他們的感受。

治病救人是醫生的職責，即使他們什麼都不說，良心上他也要拚盡全力。

「放心，我會拚盡全力救他。」

給鑽孔機消毒，然後進行定位，這裏鑽孔定位並不是胡亂來的，都是有醫學根據的。在耳朵後放三個手指，在上面垂直再放兩個手指……

定位完畢後，趙燁打開了急救手術包，用手術刀垂直切開頭皮，鮮血汩汩而出，緊接著看到了頭皮下的血腫，人們經常說頭上起了個包，那包其實就是血腫。

手術刀切開頭皮的場景讓很多人感覺頭皮發麻，甚至想吐。更多人轉過頭去不敢再看。傷者頭皮切開後流出很多血，看起來非常恐怖，但這只是無關緊要的表皮出血。

接下來，趙燁拿起電鑽，切開線的中點，也就是顱骨上開洞，顱骨只有幾毫米厚，所以開洞時他格外小心。

只要一不小心用力過度，就會損傷腦組織，外行人或許看不出來，可趙燁自己知道其中巨大的風險。

趙燁曾經用過非手術室電鑽，那還是在醫學院的解剖室內給屍體開顱的時候。那個時候趙燁成功地使用過非手術電鑽。

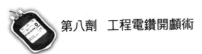

饒是成功過，趙燁也有些緊張，電鑽的嗞嗞聲戛然而止，趙燁成功地打開了第一個洞，緊接著趙燁又在患者耳垂前沿開了另一個洞，這裏比顱骨厚四倍左右。

傷者的幾位朋友從來沒看過手術，趙燁的大膽行動讓他們震撼，更加吃驚，他們從來沒想到神秘的手術，神奇的開顱，竟然是這樣的。

在第二個洞裏趙燁看到了血液，有血液，證明他找到了正確的位置。在沒有CT定位的情況下第二次就找到了位置，已經非常難得了。

趙燁沒時間慶幸，在洞周圍繼續鑽洞，擴大鑽孔嘗試減輕顱內壓力。傷者的朋友們此刻甚至不敢使勁喘氣，他們害怕打擾了趙燁這位年輕醫生。

漸漸的，他們看到眼前這位年輕醫生取出了血塊，又看到大腦內的硬腦膜在跳動，有節律的大腦波動，隨著心臟跳動在波動。

這時他們終於聽到了救護車的警報聲，跟隨救護車到來的工作人員跳下救護車，當他們看到這位被壓在瓦礫下的傷者時，同樣充滿了震驚。

沾滿血的電鑽、滿地的鮮血，急救中心的工作人員歇斯底里地尖叫著：「啊！殺人了！」

也許是呼喊的作用，此刻傷者緩緩地睜開了眼睛。

趙燁不禁皺了皺眉頭，這驚慌失措的工作人員雖然算不上醫生，卻也沒必要大驚小怪的，這一喊不要緊，所有人的注意力都集中在這裏。

看到患者清醒，想要偷偷溜走的趙燁，發現想悄悄離開變得十分困難。

患者突然清醒，說明救治及時有效，當有人喊出殺人的時候，整個事故現場的注意力就轉移到了這裏。

傷者的幾位朋友臉都嚇白了，這才想到如此治療實在是太過冒險，也許他們的朋友會死在這年輕的醫生手裏，而他們則成了幫兇。

更有人此刻準備上來抓住趙燁這個「殺人犯」。

如果患者昏迷不醒，趙燁或許還會有些擔心，可現在他卻有恃無恐，患者神志清楚，很明顯自己是救了他的命，而不是害死了他。

外行人當然不明白，甚至有兩個見義勇爲的年輕人要上來把趙燁這個「殺人兇手」擒拿。被人冤枉的滋味當然不好受，趙燁沒做錯自然不會害怕，對著那兩個躍躍欲試的見義勇爲者怒道：「讓開！我這是在救人。」

兩個人被趙燁吼住了，他們沒想到這個年輕瘦弱的傢伙面對這麼多人還敢反抗，明明將人家腦袋打開了，還說是救人，誰見過這樣救人的，誰見過這樣囂張的罪犯！

兩人愣了一會兒，準備再次撲向趙燁，將這個不知天高地厚的殺人犯繩之以法。

「他的確是在救人。」

穿著白大褂的中年醫生阻止了這兩個人，如果是其他人這麼說大家可能不信，可隨著救護車來的醫生出面做證，大家就沒有什麼異議了。

救護車一般是沒有醫生隨行的，只有在特殊情況下才有，例如這次事故。醫院考慮得很周全，將所有的情況都想到了，包括傷者有可能被困在這裏出不去。

隨行的醫生就是這位剛剛阻止了誤會發生的人，他年紀在四十歲上下，細眼短髮，身形健美，給人精明強幹的感覺。

在野外如此進行開顱手術，普通人確實難以接受，就是這位擁有豐富臨床經驗的醫生也是如此。

他實在想不通這年輕的醫生怎麼會有如此的勇氣，又是如何做到膽大心細，用那種普通的電鑽開顱的。

要知道，普通的電鑽只要手一抖，雖然不致命，但患者多半會留下後遺症。面對這樣一個患者，醫生要承受多大的壓力。

面對著可救可不救的患者，選擇承受壓力去拯救，又是什麼樣的醫生？很難想像是趙燁這樣一個年輕的傢伙出手，不但醫德高尚，且膽大心細技術精湛。

中年醫生驅散了圍觀的人群，指揮人員救治這位被困在瓦礫堆下的患者，簡單地安排了一切後，他再次找到趙燁。

「你是哪家醫院的醫生？你幹得不錯啊。」中年醫生問道。

「我還算不上醫生，我正在醫院實習，是實習醫生。」

聽到實習醫生這四個字的時候，那中年醫生有些驚訝，轉而又感到惋惜。

驚訝是因爲一個實習醫生能夠在這種情況下，這種壓力下成功地選擇最佳方法救人。惋惜的是，他覺得趙燁這次恐怕不會有任何功勞，甚至會有點麻煩，畢竟只是個實習醫生。這次救人多虧成功了，如果失敗了，恐怕會面臨牢獄之災，但就算成功了，也不會有任何獎勵。

這個世界並不那麼寬容，對趙燁不會有任何獎勵。因爲社會不會鼓勵這種行爲，在實習醫生這個龐大的群體中，趙燁或許是最特殊一個，他救人能夠成功，可換了其他人，恐怕就是好心辦壞事的醫療事故。

趙燁不在乎什麼獎勵，治病救人的成就感就是最大的獎勵，此刻那些傷者的朋友，連那兩個誤會趙燁是殺人兇手的傢伙，都對趙燁進行感謝及誇獎。

「這個患者還要進一步進行開顱手術，有興趣跟我進手術室嗎？」中年醫生問道。

手術之於優秀的外科醫生，如同球賽之於球迷，酒精之於酒鬼。許久沒上過手術台的趙燁有些手癢，他非常想進行一次手術。

可現在他已經被那些規定弄怕了，他只是個實習醫生，沒有在這裏上手術台的權利，即使主刀醫生允許，但法律是不允許的。

可是，每個行業都有自己的規則，醫院裏帶個人進手術室並不是什麼難事，更不會有人追究。

只要主刀醫生同意，管理手術室的工作人員並不會多問。所以趙燁在這裏進手術室也不是沒有可能。

看到趙燁猶豫，中年醫生笑了笑繼續說：「我想你一定希望看到這個患者完全康復吧。」

事故現場傷者還有很多，救援人員來得也不少，在這不大的地方顯得有些慌亂。趙燁此刻看不到陸海的影子，更看不到那輛車，想必是送患者去醫院了。

此時，別無選擇的趙燁只能點頭同意，跟著這位不知名的中年醫生上了救護車。救護車上就是那位從瓦礫堆下救出來的患者。

這是最嚴重的患者，也是唯一的生命垂危的患者，所以從開始就集中人力搶救，甚至從附近的工廠弄來機器幫忙清除瓦礫。

救護車呼嘯著離開事故現場，平穩地行駛在通往市區的道路上，車內中年醫生正對傷者進一步救治。

近距離下，趙燁才看清醫生的胸牌，方宇副主任醫師。此刻那中年醫生方宇正仔細地觀察著患者。

剛剛一直忙著把傷者從瓦礫堆裏弄出來，直到此刻他才有機會仔細觀察傷勢，當他看到患者的頭上被電鑽打的洞時，才發現自己還是低估了眼前這位年輕的實習醫生。

顱骨被電鑽打開的洞很完美，沒有傷及腦組織，甚至沒碰到硬腦膜。很難想像這是出自實習醫生之手，更難以想像這是用普通電鑽開的洞。

在野外進行椎顱鑽孔引流術跟手術室內進行的區別就是，野外的感染機率極大，手術室內則要小得多。

趙燁雖然採取最大強度的消毒措施，儘量保證無菌操作，但靠急救箱裏那點兒碘伏是不夠的，他更不能保證空氣中的細菌不侵入。顱腦內容不得半點兒細菌感染，在救護車上，首要任務就是輸液，注射抗生素。

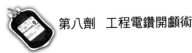

「你說患者現在應該注射什麼藥？」中年醫生方宇突然問。

趙燁沒想到他會突然問自己問題，看來方醫生把自己當成他的實習生了，趙燁沒多想，直接回答道：「當然是用能透過血腦屏障的藥，但感染的細菌不同，吃的藥也不一樣，開顱手術前應該預防性給予抗生素，大約可以降低一半的術後顱內感染比率。但這是突發事件，我想應該用大劑量抗生素預防感染，另外可以用中醫清熱解毒的藥物，也很有用處。」

方宇越發喜歡趙燁這個年輕的實習生了，很多老醫生都喜歡中藥、西醫混合應用，方宇就是其中之一，趙燁的治療方法很對他的胃口。

「手術的抗生素不能只注意一點，還要設法控制全身的感染，防止身體其他部位菌群移位致創傷部位感染。」方宇就像一位老師循循善誘地教導趙燁，實習醫生碰到這樣的老師才能真正學到知識。

醫院裏已經做好了接收傷患的準備，幾位外科醫生已經穿好了無菌手術衣靜靜地站在門口等著。

當救護車停在醫院門口時，迎接患者的護士、醫生即使做了準備，看到病人也不禁驚呼。

「這病人腦袋被打破了？」

「看起來好像是電鑽弄的，難道我們這裏出現了電鑽殺人狂？」

方宇瞪了他們一眼，讓他們立刻安靜下來，然後淡然地說道：「剛剛在野外進行了椎顱鑽孔引流術。」

一句話再次引發人們的驚歎，在驚歎聲中，中年醫生一臉得意地帶著趙燁跟病人上了手術電梯。

這裏的手術室設計得跟長天大學附屬醫學院一樣，手術室在頂層，這樣的好處是安靜，流動人員少，避免過多的病菌。

醫院是病菌最多的地方，很多細菌病毒是耐藥的，一旦感染結局就是死亡。擁有專用手術電梯，那種爬樓耽誤時間的問題就可以忽略了。

這家醫院不是教學醫院，只偶爾有幾個進修的醫生，趙燁跟進手術室的時候，沒有人注意到他實習醫生的身分。

手術前的準備做得非常迅速，傷者打好了麻醉後，被手術巾蓋得只能看到頭部，方宇拿起手術刀，突然想起了什麼，對趙燁說：「想不想再切一次？」

趙燁猶豫地看了看頭上的攝影機，有些顧慮地說：「這不好吧，我不是這裏的醫生，能進手術室已經很高興了。」

「攝影機沒開，不用怕，急診手術他們忘記開了。」方宇說著抓起一塊手術巾丟在攝影機上。

手術室裏的麻醉師跟護士已經習慣了這位中年醫生的風格，對他如此大膽的舉動只是笑笑。

趙燁此刻再不接手術刀，就辜負了人家一片好意，同時他也有些手癢，接過手術刀後，趙燁也不說什麼，寒光一閃，鮮血沿著切口流出，猶如一道紅線。

開顱手術不是趙燁第一次手術，算起來作爲一個實習醫生，他手術做得並不少，而且這手術也不算難，就是一個顱內血腫取出術。之前趙燁的椎顱鑽孔引流術做得及時，二次手術的難度下降了很多。

可眼前的手術給趙燁一種非常特殊的感覺，他從來沒有這種感覺，算起來，以前的手術每一個趙燁做得都不安心，幾乎都是用算不上正大光明的方法取得的手術資格。

這次趙燁雖然也有越界的嫌疑，可上面有主刀醫生方宇頂著，他得到了主刀醫生的同意，並且連攝影機都蓋上了。

看起來似乎有些不負責任，但方宇卻不在乎。主刀醫生在手術室裏就是絕對的權威，同時他也要對手術全權負責。

他讓趙燁動刀有他的理由，這位實習醫生拚上了自己的前途救了傷者一命，可他應得的獎勵卻得不到。

方宇是個醫生，二十年前他也跟趙燁一樣是位實習醫生，同樣年輕氣盛。換作二十年前，遇到這種情況，或許他也會毫不猶豫地和趙燁一樣，拚上前途來救治病人。

可是現在呢，如果趙燁沒出現，方宇不知道自己是不是也有勇氣，在那種情況下進行椎顱鑽孔引流術。

現在，醫生跟患者成了敵人，醫生多半有力無心，看到患者只求不要發生事故。這讓許多醫生後悔當初的選擇，如果能夠重活一次，他們絕對不會再當醫生。

每天活得戰戰兢兢，生怕一個手術失敗毀掉自己的前程。任何時候都小心翼翼，因此手術室裏他們不敢讓實習醫生動手，甚至不願意讓他們進去觀看。

方宇帶著趙燁進手術室，是對他的一種鼓勵，讓他動手則是一種獎勵。方宇明白實習醫生對手術的渴望。

當然主刀醫生還是方宇，這位中年醫生將這台手術變成了指導手術，這是年輕醫生走向成熟的必經之路。

方宇對趙燁的手術技巧非常信任，這種信任來自於趙燁成功完成椎顱鑽孔引流術。當然方宇也不會任由趙燁胡來，他在一旁隨時準備接手。

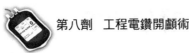

穿著墨綠色手術衣的趙燁，拿起手術刀時彷彿變了一個人，平時那種玩世不恭消失不見，取而代之的是專注於手術的嚴肅。

主刀醫生方宇覺得自己是伯樂，而趙燁就是那匹被他發掘的千里馬，可現在他覺得自己又有些看不懂這千里馬了。

趙燁的技術完全超出了實習醫生的能力，看起來比很多主治醫生都強。但細心觀察他的手術有些死板，完全是教科書般的操作，經驗不足。教科書是給大眾人士看的，忽略了很多小技巧。

每個有經驗的成功醫生都會有很多不為人知的技巧，這些東西是不會寫進教科書的。

方宇驚訝的同時，也在細心地指出趙燁的不足。

那是老醫生對新人的指導，對此趙燁很是虛心，他做實習醫生雖然也有幾個月了，可一直沒有機會接受這樣的指導。

手術很順利，整個過程中百分之八十是趙燁完成的，雖然手術多半是趙燁完成的，可最困難、風險最大的部分是方宇做的，畢竟手術非同兒戲，關係到人的性命。

由於搶救及時手術順利，傷者得救了，這讓趙燁心情大好，以患者受傷的情況來看，如果不是趙燁及時開顱減壓，這個人很可能就醒不過來了。

手術過後，患者生命體徵穩定，已經清醒過來。

看著被工作人員推走的患者，趙燁完全從前些日子的陰影中走了出來。

除了手術順利，還有方宇對他的獎勵，這個初次見面的醫生給趙燁留下很深的印象。

方宇脫下手術衣，摘下帽子，對趙燁說：「感覺怎麼樣？」

「謝謝您的指導。」

「如果想的話，你可以天天跟著我。」方宇似乎在開玩笑，又似乎很認真。

趙燁是個實習醫生，如果能跟著這樣的老醫生學習一年，必定受益匪淺，可趙燁有自己的想法，無論對方是開玩笑也好，認真也罷。

「我們會有機會再次同台手術的。」

方宇笑了笑，他很喜歡趙燁這個實習醫生，從他身上看到了當年的自己。看到了年少輕狂，看到了自己喪失許久的勇氣。

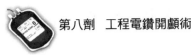

手術室外聚集了大片看熱鬧的人，八卦新聞猶如生活中的調味品，方宇帶著一位年輕醫生手術的傳聞傳遍了整個醫院。

經過眾人的口頭傳遞，變成了好幾個版本，更有從事故現場趕回來的醫生說趙燁是個危險的殺人犯。

醫院裏接收如此多的患者本來就夠亂了，再加上謠言四起，弄得院長都不得不出面來整頓秩序。

方宇皺著眉頭看著圍觀的人群，他覺得自己成了動物，這種感覺很不舒服，可他卻懶得解釋。

「散了，散了，病人目前神志清醒，已經脫離危險了。那個什麼殺人的謠言誰要再敢亂傳，小心老子不客氣。」

方宇在醫院算是最有個性的醫生，說好聽點兒他是性烈如火，講義氣。說不好聽的他就是這醫院的流氓醫生。

「都走了，這手術就是老子我做的，誰有疑問？」

圍觀的人一看方宇生氣了，熟悉他的人趕緊跑了，誰都知道方宇平時還算和氣，但生氣的時候卻絲毫不給對方情面。

圍觀的人群散去以後，一個熟悉的靚麗身影出現在趙燁的視線中，柔弱的菁菁孤零零地站在那裏，臉上寫滿了疲憊與擔心。

她在這兒等待趙燁，剛剛從手術室出來的趙燁，完全忘記了開顱手術是個耗時三個小時的漫長過程。趙燁快步走上前將菁菁緊緊抱住，此刻任何言語都是蒼白無力的。

「我給你打電話你不接，我找到陸海，他說你在醫院，然後又說那個什麼工廠出事了，他正開車去醫院，讓我等等再打來。我以爲你受傷了，就跑到醫院來，到了醫院我又聽到什麼殺人醫生，又聽說有員警，聽到他們的描述，我以爲是你……」

此刻，菁菁哭得梨花帶雨，美麗的臉龐帶著晶瑩的淚珠，讓趙燁很是心疼，輕輕地撫摸著她的秀髮，憐愛地說道：「我這不沒事麼，別哭了。」

過了許久，兩個人慢慢分開，這次兩個人都很自然，即使是菁菁也沒尷尬，也許這就是趙燁每天兩小時的作用。

方宇兇惡地趕走了那群好事者，看著趙燁與菁菁的擁抱，露出會心的笑容，他決定等一會兒再勸勸趙燁，就算不能讓趙燁當自己的實習生，也要讓他畢業以後來這家醫院當自己的手下。

年輕的技術高超的實習生難得，醫德過關的更少見。方宇喜歡趙燁這樣的醫生，他的科室也需要這樣的人。

海市這個國際化大都市承載著無數年輕人的夢想，是找工作的應屆畢業生夢寐以求的地方。實習醫生工作很難找，方宇覺得他如果給趙燁提供機會，他應該不會拒絕。

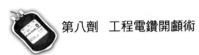

正當他覺得此計可行的時候，卻看到又有人來找趙燁，這次不是女人而是男人。身材魁梧猶如健美教練，帶著一臉猥瑣的笑容。

方宇很奇怪，在手術室閒聊的時，趙燁不是說他是實習醫生，第一次來海市，沒有什麼朋友麼。

怎麼突然躥出來兩個朋友，而且這個帶著猥瑣笑容的男人看起來很眼熟，方宇想了半天，腦海中出現了一個名字。

李傑，醫聖李傑！

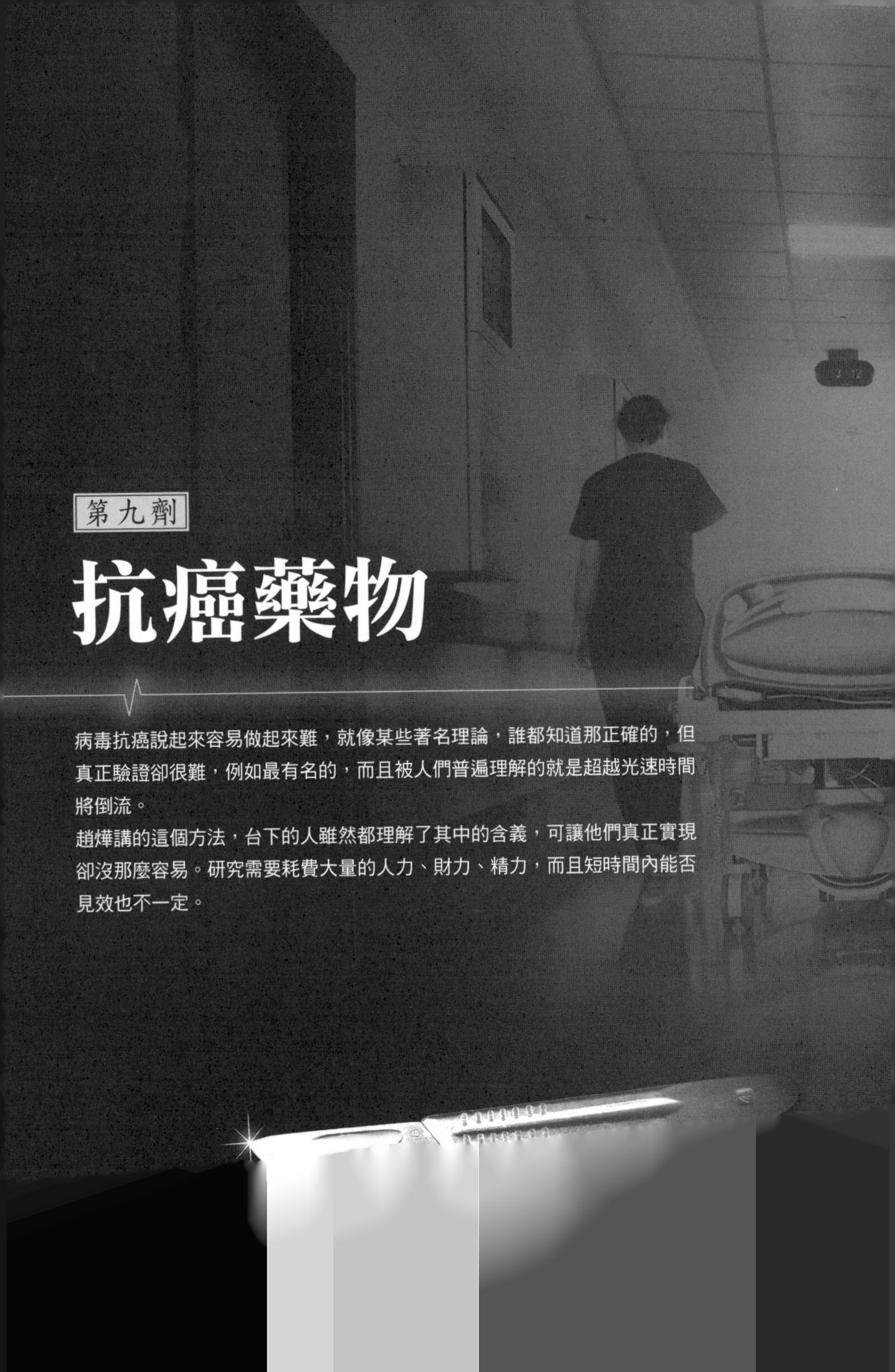

第九劑

抗癌藥物

病毒抗癌說起來容易做起來難，就像某些著名理論，誰都知道那正確的，但真正驗證卻很難，例如最有名的，而且被人們普遍理解的就是超越光速時間將倒流。

趙煒講的這個方法，台下的人雖然都理解了其中的含義，可讓他們真正實現卻沒那麼容易。研究需要耗費大量的人力、財力、精力，而且短時間內能否見效也不一定。

看到變態大叔李傑的笑容，趙燁覺得自己眼花了。如果在醫院看到菁菁算是巧合，那麼碰到李傑又算什麼？

趙燁覺得可能認錯了人，又以爲自己是在做夢，又或者出現了幻覺，然而那熟悉的猥瑣笑容，就算是做夢也不會這麼真實吧。

再次見到李傑，趙燁倍感親切，這位只教導了他幾個星期的師父被趙燁當成親人一般。分別許久，趙燁有很多話要對李傑說，最想的當然是能繼續跟在他身邊學習。他發現讓自己如同真正的實習醫生一般按部就班地學太難了，如果跟著李傑則不同，能跟著這位醫術超凡入聖的大叔，可以學習到很多在其他地方永遠學不到的東西。

李傑沒理會趙燁的熱情期盼，繞過趙燁跑去跟方宇說話，內容很簡單，卻給方宇極大的震撼。

「謝謝你幫我照顧我這個徒弟，我李傑欠你個人情。」

方宇覺得自己很傻，仔細想想，一個實習醫生有如此的技術跟膽量，行事作風膽大不羈，自然不會是什麼普通的實習醫生。

但他聽說趙燁的身分是醫聖李傑的弟子時，還是覺得有些不可思議，醫療界關於李傑的傳說很多，其中之一就是他不教徒弟，因爲他害怕麻煩，可他現在竟然帶了位普通的實習醫生做徒弟。

方宇本身作爲這家三甲醫院的副主任醫師帶個研究生很正常，他以爲自己破例帶實習醫生算是對趙燁極大的提攜，可沒想到人家竟然是李傑的徒弟，什麼時候輪到他來提攜。

雖然沒能收到一個頂尖的實習醫生，可他卻得到李傑一個承諾，誰都知道這位號稱醫聖的傢伙最重信諾，方宇如果能夠好好利用這次機會，他會得到很多以前想都不敢想的東西。

趙燁不知道自己什麼時候成爲了需要人家照顧的人，他帶著滿腹的疑問，可李傑就是不告訴他，反而一副八卦的嘴臉。

「小子不愧是我的徒弟，行事作風很像當年的我。你這個女朋友不錯，很漂亮。」李傑說著又轉向菁菁，變戲法似的從兜裏掏出幾個女孩喜歡的小玩意兒塞到菁菁手裏說：「拿去玩吧，不用客氣。」

趙燁跟菁菁的關係非常微妙，兩人從來沒說過我愛你一類的肉麻話，可相互之間的感覺彼此都知道。

再加上今天曖昧的擁抱，兩人關係實際上已經確定，不過都沒說出口而已。李傑大叔幫他們捅破了這層窗戶紙。

即使確定了關係，菁菁還是那個喜歡臉紅的妹妹，拿著李傑給的東西不知如何是好，這些東西雖然是小玩意，卻是李傑精挑細選的東西，價格不貴卻非常討人喜歡。菁菁算是李傑的晚輩，收下這些東西也無可厚非。

「我跟你可不一樣。」趙燁沒好氣地道。他跟李傑兩人雖然是師徒關係，可說話卻很隨便。

趙燁這話的意思，別人聽不出來李傑卻明白，他是在諷刺自己太風流，可他卻絲毫不在意，笑著說道：「當然不一樣，我比你帥多了。」

看著李傑大叔變態的笑容，趙燁感覺很是親切，他很喜歡跟李傑在一起的這種感覺。

「你怎麼會出現在這裏，難道這麼巧，你到這個醫院就遇到了我？」

「哪裏有那麼多巧合，我是特意來找你的，我聽說了你在長天大學附屬醫院的事。你真是膽大包天，什麼事都敢做，你可知道如果你失敗了，會有什麼後果？」

「當然知道，可是我有百分之百的把握不會失敗，就像今天雖然有點兒害怕，可我知道害怕只是一個過程，一個障礙而已。最後我還是救活了那個人，我現在不是好好的麼。」

李傑擺出一副關心的樣子，學著周星馳的聲音摸了摸趙燁的頭說道：「孩子，你還是回到純潔的大森林中去吧，事情沒那麼簡單的。」

「別把我當小孩子好不好？」

「在某些方面你真是太年輕了，你要知道，海市是國際化大都市，處理事情不能這麼高調，另外，你也要學會保護自己。」

「你這事弄得謠言四起，很多人都說你是殺人犯。還好你運氣夠好，剛剛那位方宇醫生將手術的一切責任都承擔了下來，否則你早就被員警帶回去問話了，又或者被調查是否有行醫資格了。」

李傑的話讓趙燁出了一身冷汗，如果調查追究下去，把他在長天大學附屬醫院犯下的錯誤都翻出來就麻煩了。此刻他終於明白了，爲什麼李傑進來第一件事就是去感謝方宇，同時他也記下了，有時間一定要親自來感謝方宇一番。

看到趙燁終於流露出擔心的樣子，李傑露出勝利的笑容，然後拍著趙燁的肩膀說道：「放心，現在沒事了。以後要注意了，治病救人是我們的天職，但不能魯莽到不顧後果。其實你今天幹得不錯，那種情況下還能處理得如此到位，不愧是我教出來的徒弟。」

在李傑的笑聲中，趙燁突然想起來他還沒聯繫陸海，更沒同明珠集團的老總見面。手術耽誤了幾個小時，現在去已經晚了。

放了老總的鴿子，恐怕趙燁是明珠集團應聘員工中的第一個，趙燁不禁皺了皺眉頭，這是一次機會，趙燁對此只感覺略微有些可惜，僅此而已。

醫院裏不是敘舊的地方，長時間的手術讓人感到疲勞、饑餓，李傑乾脆拉著兩個人去吃飯，邊吃邊聊。

吃得差不多了，李傑開門見山地問趙燁：「你也快畢業了，接下來怎麼打算的？」

想到未來趙燁就一片迷茫，這是很多應屆畢業生的通病，離開了校園的他們，面對社會都會不知道如何是好。

「我還沒想好……」趙燁頓了頓繼續說，「鄒舟還好麼？我想我現在可以當你的助手給她手術了。」

「沒想到你還記得鄒舟，她還在進行術前準備，還剩下關鍵的最後一步，也是最難的一步。」

鄒舟，大明星鄒夢嫻的妹妹，擁有一雙漂亮的大眼睛的柔弱女孩，一直埋藏在趙燁的心中。他不會忘記當初承諾要治好她，在手術台上作爲李傑的助手，救活這個腦部腫瘤的患者。

「你也不用發愁，鄒舟的手術你不用擔心，你現在的技術足以擔當我的助手，我想問你的是，這次來海市跟明珠集團的合作，你考慮得怎麼樣？」

李傑的話讓趙燁摸不到頭腦，趙燁不明白他怎麼知道明珠集團的事情，這件事他沒對任何人提起過，更讓人疑惑的是，李傑說的跟明珠集團的合作，連趙燁自己都不清楚明珠集團要做什麼。

帶著滿腹的疑惑，趙燁開口問道：「你怎麼什麼都知道，我可誰都沒告訴過啊。」

「我當然知道，我就是明珠集團的老總，具體的說，我是這公司的名譽總裁，更是這家公司最大的股東，難道我沒告訴過你？」

趙燁怎麼也不相信變態大叔李傑，竟然就是明珠集團的大股東，這個連自己說過什麼都弄不清楚的傢伙，怎麼會是明珠集團的老總？

在趙燁的印象中，李傑是個好醫生，可他平時不修邊幅，穿得近乎邋遢的樣子，怎麼看都不像富翁。

同樣不敢相信的還有菁菁，這個一直坐在趙燁身邊默默不語的女孩，對明珠集團非常熟悉。她想不到趙燁這個看似平凡的男友，竟然會被明珠這樣的大集團看中，更想不到他的老師竟然是這公司的老總。

「師父，你不會是故意把我叫到這裏來，逗我開心吧？」趙燁突然開口道。

李傑瞥了他一眼，不屑地說道：「我的確是故意叫你來的，你在長天大學附屬醫學院出了問題，我怎麼能不保護你？原本我想叫人陪你在海市多玩幾天，讓你放鬆放鬆心情，可沒想到你執意要見我，現在好了，你沒有休息的機會了。」

「但這不是全部，在公司裏我只是個股東，決策的事情我不管。我叫你來，一是爲了保護你，讓你暫時離開是非之地，儘快平復心態；其次，明珠集團的確想與你合作，也就是說，合作是你的實力，並不是我利用了關係。」

趙燁突然非常感動，此刻他才明白李傑這個師父一直都在關心他。遇到李傑並不是巧合，來到海市，與明珠集團合作，原來一切都在李傑的計畫之中。

明珠集團的市值高達幾千億，李傑大叔大約擁有明珠集團百分之十三的股份，也就是說他最少擁有百億資產。

可誰都看不出他是個億萬富翁，李傑一身衣服從頭到腳沒一件是名牌貨。如果走在街上，誰都會覺得這是一個鄉下來的打工者，還是那種窮得娶不上老婆，整天色迷迷的傢伙。

可就是這麼一個傢伙，不僅身家高得嚇人，竟然還是一位名醫，被醫療界尊稱爲醫聖。

李傑就是這樣一個人，他有錢卻從來不亂花，也不奢侈享受。然而他並不吝嗇，他捐助成立的基金會，每年都是捐款數量最多的。

身爲醫生的富豪並不多，因爲醫學需要時間積累，三心二意是當不了好醫生的。李傑能賺錢算是特例，可他也逃不出這個法則。

在財務管理上他從來都漠不關心，明珠公司的事務他很少插手，相反對醫學方面他倒兢兢業業。醫聖的名頭包涵了很多東西，除了悲天憫人的善良之心，還需要絕高的醫術。醫術不是一天兩天練成的，李傑儘管天賦過人，可也經過了十幾年的努力，才逐漸成爲最頂尖的外科醫生。

作爲醫生的他心地善良，除了有些玩世不恭，喜歡泡妞外，他幾乎就是醫生學習的楷模。幾乎所有認識李傑的人都知道，他是醫生，卻不知道他還是個富翁。因爲沒有人覺得身家百億的人會當醫生，他的資產足夠買幾十家醫院。可他卻甘心當醫生，當個工資甚至比不上每年公司分紅的千分之一的醫生。

晚飯過後，趙燁先將菁菁送回去，然後他跟李傑找了個安靜的地方，詳細討論明珠集團的目的。

「合作很簡單，集團旗下的易盛藥業剛剛起步，目前缺少主打專案，不知道他們怎麼找到了你，說白了，就是他們看好了你手裏的東西。」李傑點了一支煙，不以爲然地道。

「我有什麼東西?」趙燁更加迷糊了。他是個一窮二白的實習醫生，似乎沒什麼東西值得別人覬覦。

「說起來還是跟你那偷天換日的肝臟移植手術有關，你不要用這種眼神看我，你自以爲做得很隱秘，又有院方幫你保守秘密，但我還是有上百種方法知道你的一切。」

李傑白了趙燁一眼繼續說道：「那個準備接受肝臟移植的老傢伙不是癌症晚期麼，不知道你用什麼方法抑制了他的癌症，這就是關鍵！」

「那只是暫時抑制癌細胞，並不是治癒啊，而且針對不同個體要用不同方法，很難廣泛應用啊。」趙燁解釋道。

「你還是太小看明珠集團了，這些我們早就知道，爲此他們還專門找我對這個項目進行評估。雖然我是專業的臨床醫生，但對醫學研究方面我也不差，我們討論過你的方法，確實有點意思，發展潛力也不錯。」

趙燁怎麼也沒想到他越界偷天換日將肝臟換給劉兵，竟然是明珠集團找到他的原因，更沒想到會給他帶來這麼大的機遇。

爲了這件事，趙燁被停止了在長天大學附屬醫院動手的資格，然而塞翁失馬焉知非福，治病救人的趙燁竟然在海市得到了更多的收獲。

「我這個方法是借用別人的，不是我想出來的。」趙燁面對李傑的誇獎有些不好意思。

「這個沒關係，這個方法只給了我們啓發，算是站在巨人的肩膀上，我們不會侵權。另外這方法要是能夠進一步突破，應用到臨床上，你可以拯救無數人。當然經濟效益也很大，我想你不會在乎錢。哈哈，畢竟你是我的徒弟。」李傑拍著趙燁的肩膀，興奮地說道。

錢對趙燁來說並不是非常重要，起碼他現在不缺錢，他想的是另外一件事，江海在彌留之際希望在這個世界上留下點什麼，好讓他這個不肖子孫可以到下面見祖宗。

趙燁曾經下決心幫忙整理針灸筆記，並且用江海的名字出版，他用了很長時間整理關於針灸的東西，可資料整理好了，卻沒有辦法出版。

如果這次能合作成功，趙燁可以在研究者的姓名上寫上江海的名字，也算是為他留名，因為本來這東西就是他研究出來的，趙燁不過是借用並小小地改動了一下。

如果合作成功，不僅有了錢，更有了聲望。那本針灸的資料也可以做成書籍出版。這樣一來，江海的遺願也算實現了。

想到這裏，趙燁便將這想法跟李傑仔細複述了一遍，當李傑聽到趙燁這方法是從江海那兒得來的，不由得眼前一亮。

「江海我聽說過，沒想到這位中醫大師竟然去世了。可惜我沒機會拜訪他。」李傑惋惜地說道。

「他彌留之際希望能留下點兒什麼，我想幫他實現這個願望，這次合作，我想用他的名義來做。」

「年輕人能不計名利非常好，江海沒有看錯你，他留給你的東西好好保管，相信江家百年的行醫經驗，有很多好東西等待你發掘，現在發現的抗癌方法不過窺視到一點門路而已。」

李傑的話提醒了趙燁，讓趙燁知道他還有一座寶庫，中醫世家的百年積澱絕對不容小視，這讓趙燁有些興奮。

「我這裏還有很多東西，現在就想說給你聽。」

「很晚了，回去睡覺吧。」李傑抬手看了看錶說。

「去我住的地方，我把抗癌的方法詳細告訴你。」

李傑用異樣的眼光看了看趙燁，然後雙手交叉放在胸前，裝出一副弱小的樣子，道：

「沒想到你還有這嗜好，師父只喜歡女人，對男人沒興趣。」

趙燁被李傑氣得笑了起來，他與李傑亦師亦友，兩人脾氣也差不多，平時總喜歡搞怪，但給人看病的時候，或者上了手術台卻又都非常嚴肅。

「跟你開玩笑的，今天晚上就算了，你好好休息。我已經安排好了一切，明天帶你去見見專案的負責人。你要準備一下，明天需要你進行一個演講，簡單闡述你抗癌治療的機理。

這是很關鍵的一步，必須說服他們，才有合作的可能。不過，你也不用緊張，有師父給你做後盾。」

「你怎麼不早說，也不幫幫忙。真是太不夠意思了。」趙燁沒好氣地道。他可什麼都沒準備，聽到演講兩個字的時候，趙燁倉促之間還真不知道應該說什麼。

「我要幫你可以讓你得到想要的一切，但那就不是不夠意思的問題了，而是害了你。」李傑淡然道。

太容易得到的東西總是不被珍惜，人總要經歷一些什麼，例如奮鬥。趙燁對這些並不是很明白，身在迷局中的他，看不清李傑給他的引導，循循善誘的引導，引他走向超級醫生的道路。

夜很漫長，趙燁與李傑道別後，回到賓館整夜未眠。

雖然對抗癌方法趙燁非常瞭解，可他總有些擔心，回到賓館研究了整個晚上。

如果是平時，趙燁不會這樣，或許是因爲趙燁太想完成江海的遺願了，他對這次的成功有著極大的渴望。

目前的醫學對於癌症毫無辦法，確診困難，治療更困難。只有極少數人能很早發現癌症，得到救治。對於中晚期病人來說，癌症已經對他生命的終結下了定論。

商人追求的永遠都是利益，真正的醫生追求的卻是治病救人的成就感，李傑如此，趙燁也是一樣。

作為商人，明珠集團旗下的子公司，易盛藥業找到了趙燁，他們需要一種主打藥物，抗癌藥物無疑是最好的，這種藥物可以帶來巨額利潤。

醫生救人是應該的，他不會將方法私藏，能夠救活更多的人才是他想要的，而且合作能帶來巨大的利益。因此雙方的合作沒有什麼障礙。

趙燁這種抗癌的方法，是否能通過研究製成一種新型的真正的抗癌藥物，還不能確定。但聽了李傑的話，趙燁知道他很有信心，這位號稱醫聖的變態大叔是醫學界的權威，因此趙燁對他的話充滿信心。

世界上沒有百分之百的事情，李傑表示明珠集團下屬的易盛藥業很看好這個項目，會成為投資方，可趙燁這個項目到底能得到多少投資，還是個未知數。

今天，趙燁要去易盛藥業，通過演講的方式闡述他的抗癌方法，爭取易盛藥業的投資者和股東的信任，取得投資完成合作。

當然投資只是第一步，藥物開發是非常嚴謹的，從研發成功到投放市場，是個極其繁複漫長的過程。藥物的功效在投放市場之前要經過大量的實驗驗證，以保證藥物的安全性，確定是否有副作用，會不會對人體造成損害。

這些問題趙燁非常清楚，也做了充足的準備。他要做的就是讓人們相信，他這個項目非常有價值。

一夜未眠，第二天趙燁依舊精神飽滿，早早來到易盛藥業坐落在海市開發區的總部。

雖然易盛藥業屬於明珠集團，但他只是明珠集團的一個子公司，易盛在很多地方都是獨立的。

李傑雖然是大股東，但也不能不顧下面人的反對獨斷專行，將趙燁抗癌藥物提上開發專案，同時他也不會這麼做，因爲那不是他的風格。

趙燁雖然跟李傑開玩笑，埋怨李傑不幫他，可趙燁心裏清楚得很，李傑幫他才不對。人總是要靠自己，不能夠當一輩子寄生蟲。

易盛藥業是明珠集團近年來重點投資的子公司，促使明珠集團大力投資的原因是醫療行業的巨額利潤。一個龐大的企業想要維持生命力就需要不斷挑戰。

易盛藥業承載了巨大的希望，但其成立的時間尚短，沒有能夠衝擊市場的產品，因此他們對這次研究開發很重視。

趙熚是自己跑到易盛藥業的，他拒絕了陸海和李傑帶他過去。在門口找保安問了路後，簽下訪問記錄便直接走了進去。

地點在易盛藥業辦公樓的三樓，裝潢很漂亮的一間會議室。當趙熚進去之後，才發現易盛藥業對這次研究竟然如此重視，並非李傑那種輕描淡寫。

會議室裏聚集了二三十人，各個都算得上專家精英，隨便挑一個出來都是響噹噹的角色。從他們座位前的牌子就能看出來，不是某研究所的負責人，就是大學的教授。

醫生分爲兩個專業方向，分別是醫學研究方向的與臨床方向。走研究方向的人多半不做手術，每天悶在實驗室做研究，臨床方向的醫生就是經常在醫院裏坐診開刀的。

這些人多半是醫學研究方面的超級精英，這陣仗讓趙熚有些意外，但更意外的是他竟然沒有絲毫膽怯。

會議室裏的人誰都沒在意趙熚這個二十出頭的年輕人，也沒想到這個小子就是帶著研究報告來讓他們評估的人，更有甚者把趙熚當成了小工，讓他端茶倒水。

醫學是個耗時間的學科，沒有十年二十年的學習積累休想取得成就，難免他們會有這樣的誤會，畢竟趙熚這個怪胎實在百年難得一見。

趙熚也不在乎，幫忙端茶倒水也沒什麼，畢竟在場的最年輕的也有四十多歲，作爲小字輩幹這些算不上丟人。

趙燁的乖巧得到了在場專家們的喜愛，甚至有一位老醫生還詢問了一下趙燁的身分。當他得知趙燁不過是實習醫生時，露出了一絲惋惜說道：「你這實習醫生不錯，有機會就考研究生吧，如果能讀到博士生的話，可以考到我門下。一會兒你就不要離開了，這評估會將會講到很多高端的東西，你可以站在我後面聽一下，如果聽不懂就問我，這對你有幫忙。」

慈祥的老醫生讓趙燁哭笑不得，他完全把自己當成了小工。這也不怪別人，誰讓趙燁看起來太年輕，又幫人做這做那呢？

不過，話說回來，這老醫生也不錯，竟然關心他這個不起眼的實習生，還害怕他聽不懂。今天的高端內容是趙燁講給他們聽的，如果他自己都不懂，還講什麼。

時間差不多了，趙燁走上演講台，打開早已準備好的筆記型電腦，將昨夜做好的幻燈片放出來。

台下開始還以爲趙燁這個小工在幫忙調試電腦，可很快他們發現這個年紀輕輕的小夥子竟然是這次會議的主角。

剛剛還是端茶倒水的小工，一會兒工夫就跑到演講台上變成了會場的主角，這讓很多人愕然無語。

趙燁打開幻燈片，對著身後的大螢幕開始了自己的演講。

台下都是一些不認識的專家，隨便拿出一個都能當他的老師。可面對著這些精英大腕，趙燁非常淡定，沒有絲毫緊張，將昨夜準備的東西娓娓道來。

這次可以看做是易盛藥業對趙燁的考驗，台下的人多半是易盛藥業請來的專家，少數幾個人是易盛藥業研究人員中的精英。

趙燁的一舉一動都看在他們的眼裏，來這裏之前，他們也知道一些今天的內容，知道是關於癌症的治療方法，他們都做了準備。

不過看到是趙燁這麼年輕的傢伙，都有些不太相信他，很多人甚至覺得這小子不是真的有實力，弄不好又是一個騙子。對他半信半疑，決定先聽一會兒，如果是騙子就當場趕出去。

然而當趙燁在台上隨著幻燈片的播放，將他的方法慢慢道來的時候，台下變得一片寂靜。

「我的理念很簡單，就是以毒攻毒，用病毒來抑制癌細胞的繁殖。許多病毒對人來說並不是致命的，但他們卻可以殺死癌細胞……」

征服聽眾只用了幾句話，現在沒有人覺得他是騙人的。

起碼他這個理念是從來沒聽說過的。

「請問，現在你是不是已經知道某種病毒可以抑制癌症，但卻對人體無害，或者能用藥物控制住對人體的損害？」

「目前發現的溶癌病毒有呼腸孤病毒。這種病毒生長迅速，易於處理，它能殺死新生小鼠，但一般情況下對人卻無害。呼腸孤病毒作用於細胞時必須先鎖定細胞表面的矽酸分子上才能感染細胞，而且需要有ras基因，產生的ras蛋白才能進行複製。也就是說必須有ras基因，呼腸孤病毒才能複製，才能對細胞產生危害。」

「眾所周知，ras基因是一種癌基因，呼腸孤病毒在ras基因活躍的腫瘤很容易複製。」

「實驗表明，將腫瘤中注滿呼腸孤病毒，結果有百分之六十五到八十的腫瘤縮小。體外試驗也證明這種病毒能殺死乳腺癌、前列腺癌和胰腺癌細胞等多數癌細胞，但不殺ras基因活性很低的非癌細胞……」

趙燁說的並不是全部，但卻足夠震撼，台下甚至有人低聲感歎，這研究如果真的成功，必然震驚世界。

隨著牆上的幻燈片不斷變換，趙燁深入解釋具體的方法，雖然他有所保留地講出了一部分，但台下聽眾卻已經被深深震撼。

病毒抗癌說起來容易做起來難，就像某些著名理論，誰都知道那是正確的，但真正驗證卻很難，例如最有名的，而且被人們普遍理解的就是超越光速時間將倒流。

趙燁講的這個方法，台下的人雖然都理解了其中的含義，可讓他們真正實現卻沒那麼容易。研究需要耗費大量的人力、財力、精力，而且短時間內能否見效也不一定。

趙燁公佈的資料顯示，目前只能針對不同個體完成抗腫瘤治療，廣泛應用還存在一定的風險。

而且，目前治療最多能延長幾個月存活期，還需要易盛藥業進行更加深入的研究才可以。

會議室漸漸擠滿了人，也不知什麼時候，這個針對趙燁抗癌方法可行性的評估會變成了趙燁的學術報告。

擁擠的大廳中沒有一個人吵鬧，大家都安靜地站在那裏聽著趙燁的講解。

不知不覺間，幻燈片播放完畢，大螢幕上出現了「謝謝觀看」幾個大字。台下的人似乎意猶未盡，過了好一會兒才響起熱烈的掌聲。

講解完畢後，到了自由提問時間，如果趙燁能過了這一關，才能真正征服聽眾。

面對眾多躍躍欲試的人，趙燁隨便點了一位提問者，四十多歲的易盛藥業研究部門的普通職員。

「請問這些病毒短期內沒有副作用，可長期的副作用呢？另外，如果能夠治癒癌症，又如何消滅這些病毒？」

這是持懷疑態度的，面對疑問，趙燁不慌不忙地說道：「病毒治療不是全部，面對長期的副作用，可以利用中藥來調理。我這裏有一些調理的方法，目前取得了一些進展。」

趙燁不等他再次發問，又點了下一個提問的人。這次是位年紀比較大的老人，早已過了退休年齡，看樣子是返聘回來的。

「我只想知道你這個天才的方法是怎麼想出來的？另外，在後續的研究上，你有什麼計畫？」

「歷史的經驗告訴我們，單純使用藥物是無法治療癌症的。如果我們還想繼續推進此項研究的話，我們就不得不尋求新的和創新立異的基因療法。實際上這辦法不是我想出來的，是一位已故的大師，江海醫生的傑作。對於後續的研究計畫，我想不久你們就會看到，這裏我可以吐露一下，目前病毒並不是一種而是多種，並且它們的潛力都非常值得我們期待。」

一次次的提問，一次次精彩地回答，再次讓聽眾變得亢奮起來，趙燁發現無論怎麼回答，還是有人會提問。

看看時間已經不早了，可他卻不好意思直接跑掉，正在發愁的時候，他看到了李傑那張帶著猥瑣笑容的臉。

「今天就到這裏吧，我想大家心中已經有了答案，這位年輕有爲的趙燁醫生我就先帶走了。」李傑不顧大家的反對，將趙燁拉走了。

剛剛走出幾步，兩人就聽見身後的會議室裏討論聲不絕於耳，這樣的成功讓趙燁有點沾沾自喜。

「真沒想到江海那老傢伙竟然有這麼好的東西，而且還讓你小子撿到了。不愧是我的徒弟，連運氣都這麼好。哈哈……」李傑得意地大笑道。

運氣的問題當然不關師父的事兒，趙燁已經習慣了李傑什麼都往他這個師父身上扯。

「我這算過關了吧，那個合約要怎麼簽？現在應該輪到我來挑肥揀瘦了吧？」

「那是當然，你這東西好評如潮，白癡都看得出來成功的機率很大。市場前景也很廣闊，唯一的不足就是研究週期漫長了一些。」

「反正我不著急，著急的是他們那些想賺錢的吧。」

「嗯，其實我也著急，我想早點看到這個藥物面世時的轟動，更想看到藥物早日成功，讓那些癌症患者可以擺脫病魔的折磨。」

「哎，你這藥物研究成功的話，救活的病人將不計其數，我做了一輩子手術，恐怕也沒你這藥救人救得多，我這醫聖的名頭恐怕要讓給你了。」李傑擺出一副垂頭喪氣的樣子。

「師父，這不對啊，我是你教出來的，雖然這是江海老人的遺產，可他能把東西留給我，還是因爲我從你那裏學來的針灸術。說白了，沒有你，我還是個普通的實習醫生，沒您的教導，我還是什麼都不行！」趙燁安慰他道。

「哈哈，的確如此，你這麼厲害，不愧是我的徒弟。」

看到李傑肆無忌憚的狂笑，趙燁有些後悔，怎麼李傑一裝鬱悶，自己就上當了呢？

時間已經接近中午，易盛藥業的評估團連午飯都沒吃，直接跑去向公司負責人回報情況。

結果很明瞭，病毒抗癌不僅理念新奇，更重要的是趙燁這個看似不起眼的年輕醫生竟然真的能將這計畫實現。

評估團們覺得看到了醫學奇蹟，能夠親自見證這個奇蹟，參與這個奇蹟是醫學工作者夢寐以求的榮耀。

作爲商人的易盛藥業負責人明白抗癌藥物代表著什麼，目前市場上的抗癌藥物有很多，但多半又貴效果又差。

如果真能生產出效果好的抗癌藥，那麼易盛藥業想不發展壯大都難。

聽完報告以後，這位年輕的負責人再也坐不住了，他直接撥打了李傑的號碼，向這位公司的大股東，同時也是這個項目評估的直接決策人詢問。

「你來找我吧，我在臨家飯店。」李傑說完掛了電話。

年輕的負責人不敢多等，穿上外套直接開車向李傑說的飯店奔去。臨家飯店就是個小飯店，可李傑這身價百億的大叔就喜歡這樣的小吃，特別喜歡這家的幾個風味小菜。

對於這位大叔的各種不合身分的嗜好，趙燁已經習以爲常。

「一會兒有人來找你談判，易盛藥業的總經理。」

「怎麼這麼快？難道他們不需要進行評估？」

「評估？我說了算啊。按照慣例，不管我們對你這個項目有多大興趣，都不能這麼快來找你。首先，談判太快了顯得我們太過急躁，表現得我們太想要你這個東西，這樣在談判上未免吃虧。其次，這畢竟是個大投資，即使有百分之九十九的把握也要再多驗證幾遍。」

「可你不同，我現在迫不及待地想要開始研究，很久都沒有遇到這樣的挑戰了。」說起挑戰，李傑露出一臉的懷念。

易盛藥業的負責人很快就到了臨家飯店，他看到趙煒顯得很吃驚，他原以爲只是與李傑單獨聊聊關於抗癌藥物的事情，沒想到趙煒也在這裏。

「兩個人都在這裏更好了，這個專案沒什麼問題，現在我們開始就合作的問題好好討論一下吧。你先說說公司能夠給出的待遇和條件。」李傑指著年輕的負責人說。

合作談判通常是漫長而嚴肅的過程，特別是關係重大的合作。對於李傑這樣兒戲般的談判，易盛藥業的負責人有些無奈，可又不敢違背，李傑畢竟是大股東，這次合作，李傑才是真正的負責人。

「公司給出的價碼是現金加銷售提成。銷售提成擬定在百分之三，現金公司決定給您七千萬。這些用來買斷您的研究。」

趙煒對錢一向沒什麼概念，他經手過的錢最多也就一萬塊，還是用來交學費以及半學期的生活費。

一下子聽到七千萬，趙煒有些不敢相信，他只要點頭，立刻就能變成千萬富翁。

看到趙煒陷入思考的樣子，那位年輕的負責人有些佩服李傑。心中暗道，薑還是老的辣，李傑老謀深算，知道年輕人容易被迷惑，這樣快速簽約說不定可以用非常低的代價取得成功。看來自己小看了這個公司最大的股東，他那百億身家果然不是運氣。

李傑看到趙燁猶豫不定，緩緩地說道：「別想了，快點決定。要不然這樣，我給你換個條件，給你兩億現金。兩億元要是不行，還可以把公司銷售提成定在百分之十一，就是公司賣這個抗癌藥物百分之十一的利潤歸你。你看如何？」

「沒問題！」趙燁知道，李傑的條件絕對是最好的。

「你有問題？」李傑看了看那位年輕的負責人淡然道。

「沒有。」年輕負責人一副苦瓜臉慘然說道。

他看著李傑的笑臉，有些不明白，爲什麼這個最大的股東要幫這個小子？難道他不知道每多分給趙燁十元錢，就有他自己的一塊三麼？

趙燁只知道合作成功他便有錢了，並且數目還很驚人。這錢來得似乎太容易了，以至於他都沒準備好。

李傑給出的豐厚條件讓人咋舌，雖然百分之十一的利潤看似微薄，可考慮到易盛藥業雖然拿著大頭利潤，但加上藥物銷售的運營費用，這百分之十一可就不少了。

去掉運營費用，再去掉交給趙燁的百分之十一的利潤，易盛藥業最終最多能拿到百分之二十左右的銷售利潤。

李傑這個讓自己吃虧，對別人有利的決定引起股東們強烈的不滿，甚至在第二天他們就召開了會議，審核李傑這種吃裏扒外的行爲。

面對著義憤塡膺的股東們，李傑張著大嘴露出一口潔白的牙齒，打了個大大的哈欠，淡淡地說：「就這點問題？」

「還這點問題？你可知道從來沒有哪個研究者能拿到這麼多的分成，你不僅破壞了公司的利益，更打破了大家墨守的規定，給研究者這麼多錢，屬於不正當競爭！以後易盛藥業將會成爲眾矢之的，成爲同行們的公敵。」公司一位股東說道。

「你平時都不管公司的事情，怎麼這次突然轉性了？我們也不反對你參與公司的事務，但你也要跟我們商量一下啊！」另一位股東說道。

在場眾人雖然沒有李傑的股份多，但他們掌握著公司的實權，並且團結一致，如果真要興師問罪，李傑也很麻煩。

面對眾位股東的一致反對，李傑突然換成一副嚴肅的表情，慵懶的眼神忽然變得淩厲，猶如一陣寒風掃過眾人。

「目光短淺，難道我們易盛藥業是爲了交朋友才開辦的？難道沒有這事，其他藥業公司就會對我們這個新公司友善麼？」

李傑的話讓眾人鴉雀無聲，接著他又緩緩地說道：「反正已經是敵人了，得罪就得罪了。醫藥行業也算是歷史悠久的行業了。我們公司雖然有錢，但底子很薄，市場行銷網路不完善，公司也沒什麼拿得出手的東西。這次的抗癌藥物就是我們公司的王牌，不僅是我們的搖錢樹，更是我們公司的標誌，給他如此優厚的待遇，是要告訴全世界的醫藥研究者，我們公司的待遇最高，我們最善待人才，我們需要創新研究。」

李傑說得慷慨激昂，一舉壓倒眾股東的氣勢，同時也說出了他真正的想法。

其實李傑的最終目的就是想鼓勵醫藥研究工作者們加大研究力度，用言語、用理想來鼓勵都不如用錢來得實在，更多的新藥，會讓更多的患者脫離病痛的折磨。

第一個被獎勵的人是趙燁，不能說他沒有一點私心，但其中私心絕對不是主要的。

簽完合同的趙燁突然閑了下來，同明珠公司合作取得了意外的成功。從第一天接觸明珠公司開始，趙燁只想離開長天大學附屬醫院，那時悶在家裏的他覺得很難受，但也不能說他對與明珠公司的合作沒有一丁點的憧憬跟幻想。

可他卻沒想到這次的合作會取得如此巨大的成功，以至於趙燁現在都覺得是在做夢。

簽約結束後，李傑曾問過趙燁，如果這抗癌藥物被人模仿抄襲怎麼辦？或許是巨大的成功讓趙燁信心極度壯大，他當時就信心滿滿地說道：「那我們就不斷地開創新的領域，挑戰極限，讓創新的速度超過他們抄襲的速度。」

這句話趙燁在演講會的時候沒敢說，這時卻滿懷信心地說了出來。李傑很滿意趙燁的回答，他掏出鋼筆，龍飛鳳舞地寫下了名字。

巨額的財富就這麼到手了，趙燁並沒有因此而改變，他還是那個窮學生模樣，對此他自嘲道：「我不愧是李傑的學生，有錢都不知道怎麼用。」

簽約成功以後，第二天趙燁就帶著所有的研究資料去了易盛藥業。這是他第二次來這裏，第一次他征服了評估團，第二次他則征服了公司的全體員工。

新成立的公司除了領導和研究部門是從其他公司跳槽過來的，其餘的員工多半都是新人，趙燁成爲億萬富翁的事情被傳開了。

他成爲這群年輕人的偶像，更成了其他研究者羡慕的幸運兒。當然這是在李傑授意下的高調宣傳。

在未來的一個月內，趙燁一夜暴富的神話被迅速傳開，雖然沒人記得住趙燁的名字，但他們卻都知道明珠集團出高價購買一位年輕人的研究成果，那價格高得讓人咋舌。

儘管有很多人覺得明珠集團的價格出得不合理，提出了種種質疑，可明珠集團並沒理會這些。

研究者看到了研究成功所帶來的報酬，效仿趙燁的人一時多了起來，他們毫不猶豫地選擇將研究成果交給明珠集團。

交接儀式很簡單，在易盛藥業的會議室內，趙燁將資料親手交給公司研究部門的主要負責人。

在將資料交到對方手裏的時候，趙燁突然開口道：「我想加入這個研究工作，可以麼？」

「當然可以，本來這個項目就是由你發起的，雖然你說這個抗癌藥物是由江海醫生發明的，可我們看得出來，你做了很多改良。」

參加研究工作是趙燁突然產生的想法，他雖然是做臨床的，可在研究方面也不是一竅不通，這個項目他很熟悉，如果他能加入研究組，對他在醫術方面的成長也是很有幫助的。

易盛藥業的研究負責人雖然答應了趙燁，可李傑卻鐵青著臉對趙燁說道：「你不可以參加這個研究，起碼現在不可以，現在你要做的是回到學校，去完成你的學業。然後你喜歡幹什麼都可以。」

學業不重要，畢業證書不過是個證明而已，但重要的是過程。上過大學的人多半會後悔，可沒上過大學的人後悔的更多。

「最後幾個月我會堅持，並且按照約定，我會成為長天大學附屬醫院最強的外科醫生，然後我會以你助手的身分參加手術，鄒舟的腫瘤切除術。」

「記得最好！」李傑淡淡地說。聽到鄒舟的名字，他似乎有些愁悶，那個女孩的手術非常困難，目前還是沒有把握成功完成手術。

事情辦完以後，趙燁沒有立刻離開海市，因為他還有個約定，就是參加菁菁鋼琴比賽的決賽，看著她奪取第一名。

想到菁菁漂亮又有些害羞的樣子，趙燁心中一陣溫暖，兩個人的關係很是微妙，彼此在心中都承認了對方，可嘴上卻什麼都沒說。

有過衝動的曖昧擁抱，卻連一次主動的牽手也沒有，趙燁迫不及待地想見她，想牽著她的手漫步。

再有兩天就是比賽的日子了，菁菁每天都在練琴，練琴的時候她能專心致志，可一旦停下來，她就會想到趙燁的笑臉，那壞壞的笑臉。

手機傳出熟悉的旋律，菁菁高興地跳著跑去接電話，她以為是趙燁，因為在海市，只有趙燁會給她打電話。

可電話的另一頭卻是陌生的聲音，她由失望轉為高興，隨即變成狂喜。電話的一頭告訴她，有個外國學校在初賽看好了她，會在決賽再次對她進行考驗，只要成功了，便會提供求學機會以及全額獎學金。

獨自一個人走在大街上，趙燁手裏的電話不斷傳來嘟嘟的響聲，他終於放棄了嘗試。落寞地一個人走在大街上，這些天他一直在成功，或許唯一的遺憾就是今天沒聽到菁菁動聽的聲音。

過不多久就要回長天大學附屬醫院了，再次成為一個普通的實習醫生，然後他就可以自由地選擇想幹的事情了。

這是他從小到大第一次可以自由選擇，他畢業後選擇工作的第一個條件，就是能在一個距離菁菁比較近的地方。

這時趙燁的手機鈴聲響了起來，手機螢幕上顯示著菁菁的名字。

電話裏菁菁的聲音異常興奮，但她並沒告訴趙燁，她被歐洲某個學校看中的消息，只說要趙燁第二天陪她買衣服，決賽時穿的比賽服。

趙燁答應了她的要求，電話裏兩個人說了很久，可一直到掛了電話，趙燁想了許久的甜言蜜語也沒說出來。

趙燁算不上大帥哥，如果非要評價他的長相，也只能勉強算個小帥。他個頭是標準的一米八多點，算不上高大威猛。他家境一般，當然現在不同，他現在是億萬富翁，可這點誰也看不出來。

另外他也沒什麼能吸引女生的特長。例如彈吉他、唱歌等種種能引起女生尖叫的東西，趙燁這樣的男生在長天大學裏算不上突出，丟在人堆裏都找不到。

可如果他身邊有個美女就不一樣了，特別是菁菁這樣的美女。兩個人在一起引起的關注度絕對超過帥哥與美女。

因爲俊男美女在一起人們還只是羨慕，換成趙燁這樣的普通男人則有更多的人會酸溜溜地痛罵：好肉都讓狗叼走了，好白菜都讓豬拱了。

沒有人相信這個世界上還有純真美好的愛情，更沒有人相信趙燁這個普通人能找到這樣的美女。

走在街上，人們都在看他們倆，有羨慕、有鄙視、有憤恨等不一而同的心理。趙燁卻不在乎這些，他享受與菁菁在一起的過程。

海市是國際化的大都市，更是天堂般的購物中心。世界上幾乎所有的牌子在這裏都能找到。

每個女人都是天生的購物狂，菁菁更是其中的佼佼者，在步行街的商場裏，菁菁簡直如魚得水。

趙燁也不怕累，一直走在她右手邊，跟菁菁在一起有種奇妙的感覺，是與其他女孩在一起不一樣的感覺。趙燁幾次想用自己的左手，去握著菁菁的右手，可幾次，他都沒能鼓起勇氣。

菁菁不是趙燁的第一個女朋友，可不知道爲什麼，他在菁菁面前竟如此羞澀，好像初戀般青澀。

菁菁並沒注意到這些，她今天心情大好，一家店一家店逐個逛。她本來是要買比賽服的，可不知不覺變成了普通購物，只要是她喜歡的東西，她都去看看。

她在想買哪件漂亮衣服，而趙燁卻在想怎麼牽到她的手。終於在一家專賣店門口，趙燁鼓起勇氣握住了菁菁白淨滑膩的小手。

菁菁正準備進店看衣服，沒想到趙燁突然抓住了她的手，她覺得心中有種說不出的感覺，那一瞬間的感覺抵過一切。

她沒抗拒，卻因爲羞澀而臉色緋紅。

握著菁菁的柔荑，趙燁只覺得手中一陣滑膩，心跳略微加速。很快兩人一如往常，不過是更加親密了些而已。

或許兩個人的親昵讓他們心情大好，在這家店裏逗留的時間也比較長，一直兩手空空的菁菁，也在這家找到了令她心儀的服飾。

一連試了幾件衣，菁菁都很喜歡，站在鏡子前看了又看。漂亮的菁菁無論試穿哪件衣服都非常漂亮。

就連女店員也一改往日的虛僞，由衷地讚歎菁菁的美麗，只是，菁菁看著鏡子中的衣服，卻有些不想買。

因爲衣服標籤上的價格讓人卻步，菁菁在猶豫選哪件衣服好，她試穿了幾件衣服，都非常喜歡，可她只買得起一件。

菁菁正在猶豫，趙燁開口了：「這些衣服都很適合你，喜歡就都買下吧。」

「不了，太貴了，你還是幫我選一件吧。」菁菁一會兒看看這件，一會兒又看看那件，難以取捨。

趙燁笑了笑從兜裏掏出一張信用卡，遞給店員。

賺到錢以後，這是趙燁第一次用，趙燁有錢後一直不知道怎麼用，這時他才知道，應該如何使用他的巨額財富。

「或許應該再多買一些東西，送給家中的親人。」趙燁想。

菁菁可沒看出來趙燁是個有錢人，還以爲趙燁沒看到衣服的標價，看到趙燁要去幫她付賬，她趕緊抓住趙燁，悄悄地說：「我不要了，我不是很喜歡。」

菁菁這麼說，給趙燁留足了面子。

她知道這裏一件衣服就能讓趙燁這個窮學生的卡刷爆，可她卻很開心，她喜歡看到趙燁爲了她，變成這種傻傻的樣子。

趙燁只笑了笑，他當然看到了那三位數的標籤，但對於他這個新晉富翁來說算不什麼。

菁菁是個善解人意的好女孩子，如果是其他女孩有人付錢，買東西都會毫無顧忌。

菁菁驚訝地看著趙燁刷卡，並沒出現餘額不足的提示，然後拎著大包小包走到她身邊。

這世界最開心的事情，就是看著自己關心的人、喜歡的人開心。

趙燁喜歡看到菁菁開心的樣子。

這種感覺讓趙燁很是高興，他心裏已經開始計畫多買點東西送給他辛勞了一輩子的父母，讓這種感覺持續下去。

拎著大包小包的趙燁，成了菁菁眼中最帥氣的男人，在她眼中，這個男人雖然有點不自量力，可她就喜歡趙燁這樣，爲了自己不顧一切。

她想說會把錢還給趙燁，可又害怕傷了趙燁的自尊心，於是她打算以後慢慢補償給趙燁。

步行街上，趙燁拎著大包小包，菁菁小鳥依人般跟在他身邊，兩個人又逛了一會兒，都覺得累了，便找了個地方休息。

趙燁買了兩個冰淇淋，兩個人坐在長椅上一邊吃一邊聊天。

「你快要畢業了，做好工作的打算了麼？」菁菁突然問道。

趙燁一直都在迴避這個問題，其實他知道，畢業的人是最不能戀愛的，因爲畢業除了要面臨社會，更要面對失戀。

這個世界上最遙遠的不是距離，可愛情的最大殺手卻是距離，趙燁還沒考慮好他將來要做什麼。

「說實話，我沒考慮好，但我覺得這不是問題，我想，我在任何地方想找到一個好工作都不難。」

菁菁吃了口冰淇淋，眨著漂亮的眼睛望著趙燁道：「有沒有想過出國，去國外學習最先進的醫術。然後在國外當醫生，國外的醫生很受尊重，而且在國外，醫生都是最富裕的人群。」

趙燁不知道菁菁這是在試探他，菁菁想出國留學，可她又不想離開趙燁。於是她想到的兩全其美的辦法，就是讓趙燁跟著她一起去國外。

出國對趙燁來說，是個陌生的詞，他從來沒想過出國。他不知道菁菁有可能會出國留學，只要在這次鋼琴比賽獲得名次就可以。

「出國還很遙遠，過不了幾天我就要回到長天大學附屬醫院去，繼續完成我的實習。不過在這之前，我要先看著你完成比賽，取得名次，千萬別讓我失望啊，我想看到你站在領獎台上的樣子。」

「我不會讓你失望的！」菁菁吐氣如蘭，與趙燁坐得很近的她，看著趙燁的臉龐，心中暗道：「你也不能讓我失望。如果我出國了，你一定要跟著我一起去，我不想離開你。」

坐在鋼琴前的菁菁，有著高雅的氣質，穿著和趙燁一起買的黑色禮服的她，猶如一顆明珠閃耀全場。

發揮了正常水準的菁菁贏得滿堂喝彩，趙燁的喝彩聲被湮沒在人海裏，他想送花，卻有人先了一步。

站在舞台上接受喝彩與鮮花的菁菁微笑著點頭示意，這次她成了主角。面對著巨大的榮耀，心如止水的她一直看著台下的一角。

趙燁就站在那裏，這次的成功，菁菁堅信是因爲趙燁，沒有趙燁，她可能初賽都過不去。

至於決賽，她身上穿著的這件黑色禮服是她的幸運物，再熱烈的掌聲、再多的鮮花也比不上趙燁的支持。

如約參加了菁菁的鋼琴比賽，比賽後趙燁沒再留在海市，他第二天乘飛機趕回了長天大學附屬醫院。

離開學校還不到一個月，可趙燁卻覺得很久沒回來了。

還有幾個月就要離開學校了，想到這裏，趙燁頗爲傷感，離開學校之後，還能回來麼？

僅僅離開十幾天就覺得學校有些陌生，如果離開學校幾個月、幾年呢？回到學校的趙燁繞著校園閒逛了一圈。

也許是因爲要離開學校了，他想把這裏的東西好好看看，把這些都記在心裏。在趙燁多愁善感地在醫院閒逛時，發現很多人都用異樣的眼光看著他。

醫生和護士雖然都低聲細語，可趙燁聽得很真切，他們在討論趙燁的禁令。

「聽說了麼，這小子行醫的禁令取消了。」一位貌似知情人的護士對另一位年輕的護士說。

「什麼時候取消的？」年輕護士問道。

「昨天，我還以爲是例行公事，可昨天取消了，他今天就回來了。你不覺得太巧合了麼？」貌似知情人的護士故作高深地說道。

「難道還有內情？」年輕護士問道。

「你沒聽說麼？這小子似乎很有背景，我們一直都覺得那是謠言，他一個實習醫生憑什麼這麼快就沒事了，而且昨天剛剛下達解禁令，他今天就回來了，這說明什麼？說明他知道自己沒事了。一切都在他的掌握之中，恐怕他真的有背景。」

年輕的小護士若有所思地點了點頭。她又看了看趙燁，突然覺得這小子似乎挺帥。

趙燁聽到這些話有些驚訝，他都不知道自己的處罰令已經撤銷了，其中的原因他並不知道，可他能確定那些謠言不是真的。

對於謠言趙燁根本不在乎，醫院裏關於他的謠言從來就不少，什麼趙依依主任的男寵，什麼李中華主任的情敵等等。

不知不覺趙燁逛蕩到急救科，他剛邁進辦公室，就看到大家異樣的眼神。

無論是誰都用一種不可置信的眼神看著突然歸來的趙燁，而後他們又圍上來，似乎看珍稀動物一般。

接著不知道是誰把隔壁主任辦公室的趙依依主任叫了過來，這位被趙燁稱為姐姐的美女主任沒有了往日的矜持，放下手中的事急切地跑出來，當她看到趙燁笑眯眯地跟同事們聊天的時候，她怒了，伸出玉手一把揪住趙燁的耳朵，怒容滿面地道：「你還敢回來？」

「輕點，輕點姐姐，我知道錯了。別揪了，饒了我吧。」趙燁此刻才想起來，自己走的時候沒當面通知趙依依，回來後又沒打招呼，此刻回來被罵也是正常。

趙依依毫不留情地揪住趙燁的耳朵，一直拖到主任辦公室，看著趙燁痛得齜牙咧嘴的樣子她才消氣。

放開手後，趙依依突然怒氣全無，轉而是一陣委屈，淚水在眼中打轉，那楚楚可憐的樣子，讓人忍不住想去抱住她憐愛一番。

趙燁此刻正揉著被趙依依揪得發紅的耳朵，當他看到趙依依突然委屈得想哭的樣子，手足無措起來。

「姐姐，你怎麼了？我這不是平安地回來了嗎？」

「你想走就走，想回來就回來，一句話也不說，你難道從來沒想過我的感受麼？你不知道我會擔心你麼？」

趙燁從來沒想過趙依依這個漂亮的女強人也有這樣的一面，更沒想到自己在她心中竟然如此重要。

此刻他才明白這個女人真的將自己當成了弟弟，而自己卻沒有爲這個姐姐考慮。

「對不起，是我考慮不周。在海市的時候實在太忙了，姐姐對不起，你想怎麼處置我都行。」

「我爲什麼要處置你，你這次回來是有預謀的吧，昨天剛撤銷對你的處罰，今天你就回來了，是不是在海市結交了什麼大人物幫忙了？」趙依依停止了哭泣，好奇地問道。

「沒有啊，可能是運氣吧，我在海市沒新認識什麼大人物啊。」

趙依依點了點頭，她也是聽到一些謠言才這麼問趙燁的，她知道趙燁不會騙她，所以趙燁說的她都相信。

趙燁也沒說謊，他這次禁令撤銷雖然是李傑幫的忙，但李傑並不是他在海市才認識的。

而且李傑在背後運作趙燁並不知道，更重要的是李傑在趙燁眼中一直都是變態大叔，並不是什麼大人物。

「那你這次去海市有什麼收獲，回來又打算怎麼辦？」趙依依說。

「收獲有很多，等我慢慢告訴你。至於我以後，我打算在長天大學附屬醫院從新開始拚搏，從零開始奮鬥，做最好的外科醫生，拿到畢業證書。」

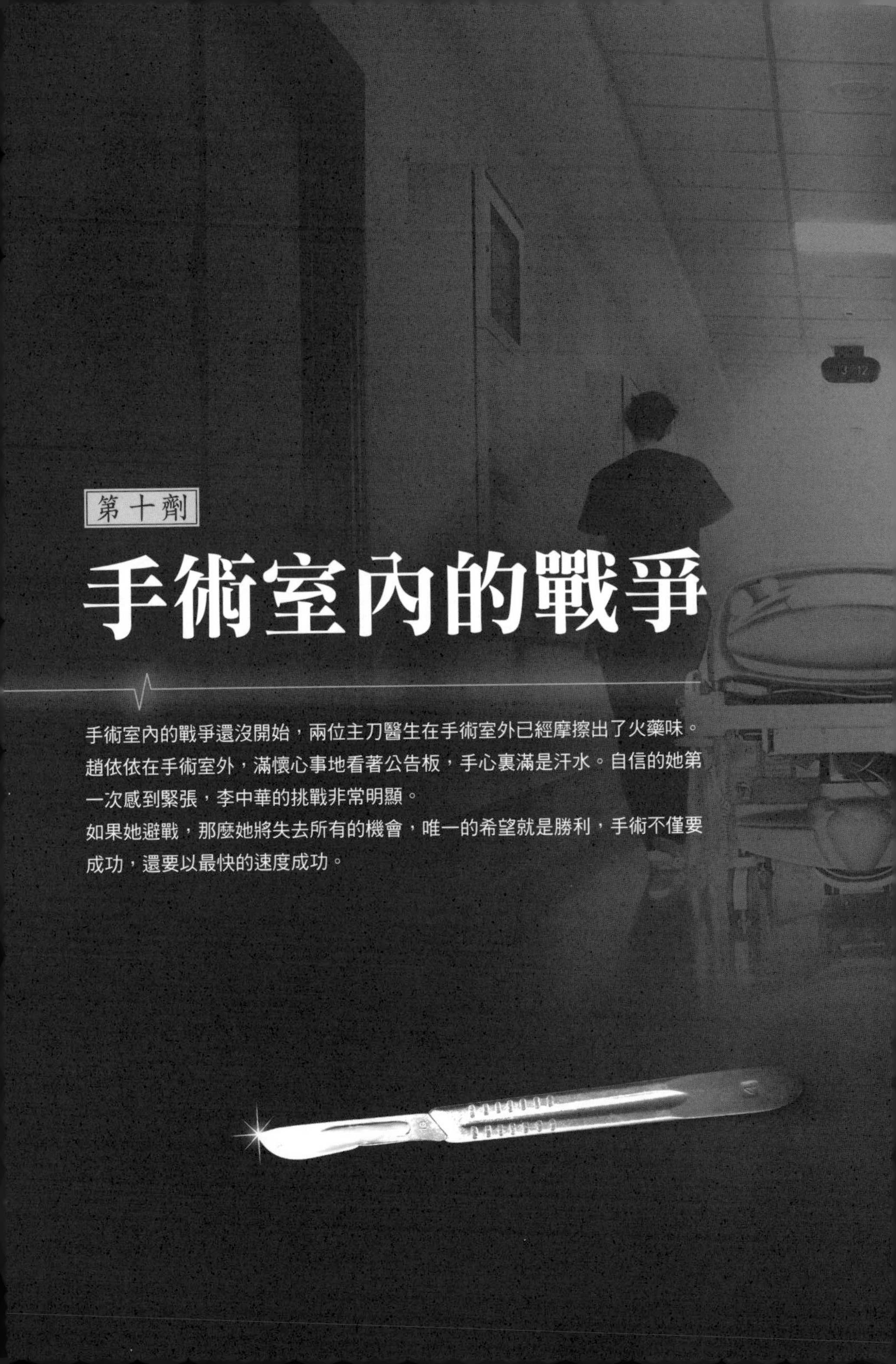

第十劑

手術室內的戰爭

手術室內的戰爭還沒開始，兩位主刀醫生在手術室外已經摩擦出了火藥味。趙依依在手術室外，滿懷心事地看著公告板，手心裏滿是汗水。自信的她第一次感到緊張，李中華的挑戰非常明顯。

如果她避戰，那麼她將失去所有的機會，唯一的希望就是勝利，手術不僅要成功，還要以最快的速度成功。

重新回到長天大學附屬醫院的趙燁，正如他所說的一切從零開始，一步一個腳印地從實習醫生開始做起。

看起來似乎是很誠懇的認錯態度，實際上這跟趙燁認不認錯沒有關係，與醫院的處罰也沒有關係。

趙燁曾經答應過李傑，會成爲長天大學附屬醫院最強的外科醫生，然後以李傑助手的身分參加手術，鄒舟的腫瘤切除術。

那不是一句玩笑話，趙燁對那個面色蒼白，有著一對大眼睛的鄒舟從來沒忘記過。

從零開始，意味著趙燁要老老實實地當一名實習醫生，不再衝動，按部就班地學習，以磨煉技術爲己任。

在回到長天大學附屬醫學院的第二天，趙燁的鄰居又聽到了那熟悉的，純偶像派歌手的，一丁點兒實力也沒有的歌聲。

作爲實習醫生，每天上班必須第一個到，然後整理病例等著帶教醫生到來。在急救科趙燁從來沒有帶教醫生，因爲他一直都是跟趙依依混的，而趙依依是主任醫生，只是平時帶趙燁去查房，算不上他的帶教老師。

因此趙燁將所有的病例都整理了一遍，然後靜靜地等待醫生們來上班。

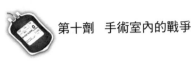

辦公室裏每次都是實習醫生先來，然後是住院醫生，其次是主治醫師，最後才是副主任、主任。

工作的積極性通常與職稱成反比，當這群醫生上班的時候，他們發現趙燁竟然將一切都準備好了。

不僅整理好了病例，其他工作也都做了準備。比如某個病人胸腔積液需要做胸腔穿刺，趙燁就準備好了胸腔穿刺包，等著主治醫生來執行胸腔穿刺；又或者病人需要換藥，趙燁就提前做好換藥準備。

醫生們開始喜歡趙燁，在這之前，他們只是覺得趙燁這個實習醫生就是趙依依的小跟班，沒什麼本事。當然這是他們不瞭解趙燁，更沒看過趙燁手術。

因爲，趙燁在長天大學附屬醫院所有手術都是非公開的，沒幾個人看過他手術，更沒有幾個人瞭解他的實力。

趙燁管理病例，幫忙打下手，雖然有點屈才，可這也是積累經驗的好辦法。另外，趙燁以前太重視技術，忽略了很多東西，例如如何同醫生們搞好關係。

眼前就是最佳機會，趙燁的手術技術雖然比這裏所有的醫生都高明，可論起臨床經驗，趙燁要差很多。

而現在乖巧的趙燁成了醫生們的好幫手，這群醫生也毫無保留地給趙燁講解各種疾病，同時將各種書本上學不到的東西告訴他。

趙依依上班雖然沒遲到，卻也是最後一個到辦公室的，當她看到趙燁在認真學習，非常欣慰。

之前的趙燁年輕氣盛，鋒芒畢露。此時的趙燁卻不同，他變了許多，學會了如何處理與他人的關係，更知道虛心學習那些看似不起眼的醫學小竅門。

看到這樣的趙燁，趙依依很是高興，上次的麻煩以及海市之行讓趙燁成熟了很多。她決定再成全一下趙燁，於是走到他身邊，說道：「很勤奮啊，那就來幫幫我。」

「沒問題！」趙燁滿口答應，一副我勞動我快樂的樣子。

「這裏有很多病人需要手術，我們忙不過來，同時有些手術過於專業，過於困難，我們急救科不能處理這些病人，到時可以送這些病人去相應的科室，你可以作爲實習醫生觀摩手術。」

趙依依明面上是要趙燁幫忙，可趙燁知道是這位姐姐在幫自己。

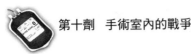

趙燁曾經覺得自己手術錄影看得夠多了，對觀摩手術有些不屑。

可現在，趙燁不這麼想，他觀看的手術錄影都是比較古老的錄影。雖然手術技術幾十年來沒什麼質的飛躍，但各種細節的改變還是很多，而且每個人都有不用的手術方法。

觀摩也是一個學習機會，也許主刀醫生會好心地讓他這位實習醫生動手幫忙也說不定。

帶著這樣的想法，趙燁一口答應了趙依依。工作很簡單，卻很枯燥，趙燁的非主流小風衣飄遍了急救科每一個角落。最後他坐在主任辦公室，一隻手轉筆，另一隻手抓著腦袋。

「三級腦外傷，腦挫裂傷，顱底骨折，應該立刻轉科到神經外科。」趙燁說著將一個病例單獨挑出來。

「腸梗阻，應該拉到一般外科去手術，怎麼還在急救科住院？」說著又將一個病例挑選出來。

將所有病例看完以後，趙燁發現，如果病人都轉科的話，急救科的病人就少了很多，床位會空出一大片。

「這不關我的事。」趙燁對自己說，不能因爲科室的經濟利益而拖延患者的病情。於是趙燁拿著雞毛當令箭，坐在主任辦公室裏開始將病人轉科。

醫院雖然不大，可是分得很細緻，但治病救人卻不可能劃分得那麼細，急救科很多時候跟一般外科一樣，不過他們更多是進行了搶救工作。

趙燁是根據病人情況的嚴重性轉科的，嚴重的都轉到相應的專業科室，急救科能夠救治的病人才留在急救科。

趙燁一開始將病人轉科並沒遇到太大的麻煩，他指揮護士將病人連帶病床一起推進電梯，分別送到相應的科室。

「下一個。」趙燁揮手示意將病人推過來，然後打電話叫電梯下來接病人。

醫院都有專用電梯，專門負責運需要手術的病人，或者臥床不起的病人。

電梯緩緩上升，很快就到了病人要去的地方，神經外科。電梯門緩緩打開，趙燁拉著病人走了出來。

剛剛走出電梯，趙燁就覺得自己眼花了，這裏他沒有熟人，唯一認識的或許就是那個被變態大叔李傑打了乖乖針的女護士。可他卻覺得眼前這人的背影很熟悉，似乎在哪裏見過。

突然一個名字跳了出來，菁菁。從海市回來之後，趙燁就再也沒見過她，菁菁本來是要在海市再住兩天的，可沒想到這麼快就回來了。

趙燁想從她背後走過去打招呼，給她個驚喜。然而沒等趙燁開口，女孩就聽到腳步聲轉過頭來，菁菁沒想到會在這裏遇到趙燁，看到趙燁第一眼，她臉就紅了。

「嗨，菁菁……你怎麼在這裏？病了麼？」趙燁與菁菁的關係已經不是那麼簡單了。以兩人的熟悉程度，已經沒有了當初那種羞澀，曾經的菁菁見到趙燁，總會想起兩人第一次在洗手間裏見面的尷尬，於是總會臉紅，可現在，兩人關係早已非同一般，臉紅就有些反應過度了。

「沒有，我只是陪叔叔來轉轉。」菁菁說完，趙燁才發現，她身邊還站了個四十多歲的男人。

高大威猛，筆直的西裝下是健壯的肌肉。看起來是個練家子，卻又不缺高貴儒雅的氣度，雖然年近五十，可看起來卻很年輕，特別是那雙銳利的眼睛，彷彿一下就能將人心看穿。

「叔叔你好，我是菁菁的同學，趙燁。」趙燁硬著頭皮說。他終於明白菁菁面若桃花的原因了，原來是有長輩在這裏，而這男人打量趙燁的眼神讓人很難受。

「你好。」男人只簡單地說了一句，就將目光從趙燁身上移開。

「菁菁，我要去送個病人，如果你有什麼問題可以找我哦，千萬不要客氣。」趙燁落荒而逃，面對菁菁的叔叔他很不舒服。

菁菁點了點頭，她是個單純的女孩，面對趙燁的時候她有些擔心，特別是在長輩面前，她很害怕被長輩知道什麼，可越是擔心的事越會發生。她叔叔已經看出些許端倪，卻沒說什麼，只是問趙燁：「這病人怎麼回事？」

「急救科轉過來的，我想他應該接受手術。先不跟你們聊天了，我先將病人送到醫生手裏。」

菁菁的叔叔點點頭，卻沒有離開，似乎是想跟在趙燁後面看個究竟。

送這個病人之前，趙燁已經連續送了好幾個病人轉科，都沒碰到什麼問題，可在神經外科，也就是腦外科時，卻出了點小麻煩。

神經外科的醫生看都不看趙燁，直接說：「急救科的？沒床了，把病人拖回去吧。」

「沒關係，這病人需要立刻手術，直接手術就可以了。」趙燁說。

「手術也沒有時間，更沒地方，今天最後一個手術室已經有人預定了，不能改。」

「什麼手術啊？這病人不手術很危險的，顱內出血已經加重了。」

沒有醫生回答趙燁的問題，此刻的趙燁覺得自己就是空氣，是透明人。在趙燁努力爲病人爭取手術的時候，一位在神經外科實習的實習醫生跑了進來，對剛剛無視趙燁的醫生說：

「老師，手術室準備好了，病人已經從腫瘤科出發了。」

「準備手術。」那醫生站起來準備離開，剛走出幾步又轉過頭來囂張地對趙燁說：「你不是想知道是什麼手術麼，腫瘤科的病人，垂體瘤手術。」

垂體瘤算不上什麼急診手術，就算多拖兩天也沒關係，可這醫生就是不同意。

此刻趙燁什麼都明白了，依舊是該死的權利鬥爭，是腫瘤科李中華與急救科趙依依之間的權力鬥爭，離開了許久的他，都忘記了這場院長之爭依然在持續。

事實上也是趙燁頭腦中一直沒有這根弦，但他也明白，這兩個人只要對手還沒倒下，鬥爭就不會停止。

因爲鬥爭，醫院分成了兩個陣營，神經外科全力支持腫瘤科的李中華，即使是不著急開刀的垂體瘤都排在前面，而急救科的緊急手術卻沒人理。

趙燁很想衝過去揍那個醫生一頓，權利鬥爭無論如何也不應該影響患者，這群爭權奪利的瘋子已經喪失了理智。

「自己動手豐衣足食，你們不給治，小爺我自己開刀。」趙燁推著病人就往回走。

神經外科辦公室一陣哄笑，實習醫生開刀，簡直是開玩笑，急救科雖然號稱精通各種急診手術，但面對高難度的手術，他們只能求助於專業科室。

眼前這個病人的手術難度不小，他出血的位置很深，這樣的開顱手術，即使在專業神經外科也只有主任醫生和兩位副主任醫生可以完成。一個實習醫生想要開刀，特別是這種難度的開顱手術，簡直是天方夜譚。

面對嘲笑，趙燁並不生氣，這樣的事情他經歷過太多。

在醫院裏，年輕就像一種罪，實習醫生更是一個丟人的稱號。

看著被嘲笑的趙燁，菁菁有些著急，但因爲身邊有叔叔在，即使想上去幫忙也沒有勇氣。

這時，菁菁看到一個年紀在三十歲上下，極其漂亮的醫生走了過來，杏眼圓睜，一臉憤怒的樣子。

「都給老娘閉嘴，笑什麼笑。不給手術是不是，好，既然你們這裏不接收病人，那麼以後我們急救科也不會再將病人轉到你們神經外科了。」趙依依不知什麼時候站到了趙燁身後，她罵起人來頗有幾分潑婦罵街的架式，神經外科的醫生頓時沒了言語。

趙燁去海市期間，趙依依與李中華摩擦不斷，她以前也遇到過其他科室針對急救科拒絕會診，拒絕接收轉科病人的事。

趙燁只是個實習醫生，這次由趙燁來轉病人自然會遇到這種事，她害怕趙燁搞不定，於是跟在後面。

趙依依本來不打算出面的，但她千算萬算也沒想到，神經外科這位當值醫生竟然不管病人的死活。

醫生到什麼時候都應該是個醫生，即使成了醫院的院長，他首先還是個醫生。院長可以濫用權力，將自家的遠房親戚安排到醫院裏做簡單的後勤工作混工資，院長可以在醫院中呼風喚雨，想對誰發脾氣就對誰發脾氣，想怎麼樣就怎麼樣。這些都是正常的，可以忍受的，可是無論如何他還是個醫生，做任何事情都不能漠視患者的生命，任何事情都要以治病救人爲首要工作。

也許神經外科這位醫生的做法不是李中華直接授意的。但趙燁卻覺得趙依依在對待患者的生命上要強於李中華，無論如何，趙依依從未漠視過患者的生命；無論如何競爭，她從來沒想過在患者身上做文章。

從不想參與權利鬥爭的趙燁，毫不猶豫地站在了趙依依這邊。

「走吧，去手術吧。」趙燁淡淡地道。

腫瘤科的李中華是長天大學附屬醫院老一代醫生中的領袖人物，很多老醫生與他交情都不錯，擁護他成爲院長也是理所當然的事。

再加上他桃李滿天下，他有很多學生如今身居高位。爲了打擊趙依依，他不惜動用多年來積攢的人脈，四處出擊，如今醫院裏很多科室都在暗地裏支持他，不買趙依依和急救科的賬。

李中華是老煙鬼，每天最喜歡躲在主任辦公室裏吸煙，作爲醫院裏的老醫生。他吸煙沒人敢管，可他還是很低調地躲在辦公室裏不讓人看到。雖然自己是醫生，知道這東西會造成肺癌，可他並不在意。

他每天都要吸一包煙，而且都是頂級的，他一個人靜靜地吸煙，他喜歡在吸煙的時候思考問題，最討厭有人在這個時候打擾他。

腫瘤科主任辦公室的牆上掛著很多錦旗，都是讚揚李中華醫德高尚的。曾經醫德高尚的李中華似乎完全變了個人，這時，他忘記了一切，眼中只有勝負。

他不能接受輸給趙依依這樣一個妖豔的女人，在他看來，趙依依就是個出賣色相沒什麼實力的醫生。

李中華點燃了第二支煙，深深地吸了一口，然後很享受地吞雲吐霧，這時敲門聲響了，李中華眉頭一皺，喊了句「進來」。

「主任，剛剛腦外科打電話來，說趙依依跑去送病人，但是被他們拒絕了，現在她親自將病人送到了手術室。」開門傳話的是位年輕的醫生，他跑得很急促。

李中華沒說什麼，揮手示意他可以離開了，而後他陷入了沉思。李中華要尋找一個機會，尋找一個能與趙依依針鋒相對的機會，眼前的手術對他來說或許就是一次機會。

香煙燃燒殆盡，李中華卻只吸了一口。趙依依這個對手不如自己強大，可對手目前卻佔據上風，實力上不輸對手，氣勢上更不能輸。

李中華把即將燃盡的煙掐滅，穿上外套打電話招呼助手過來。

「告訴神經外科，手術計畫改變。垂體瘤病人改為下午手術，現在安排十九床病人去手術。」

「十九床病人是下午手術。從W市請的主刀教授還沒來啊！」

「難道我主刀會比那個鬼教授差？去告訴手術室，安排我們的手術跟趙依依那個手術同時進行，通知全院這是教學觀摩手術，歡迎觀看。」

李中華主任的助手是他帶的研究生，馬上畢業了，跟了老師三年卻從來沒看過他手術。今天好運終於降臨了，他終於可以看到老師手術了，看到被譽為長大附醫二十年來第一刀的李中華主任主刀了。

聽李中華允諾手術後，他飛快地跑出去安排手術室，心中滿是激動。

長天大學附屬醫院的手術室集中在一層，每個科室要進行手術必須事先通知手術室準備，手術室準備好了才能進去手術，這是規定。

每個科室都有幾個固定的手術室，唯獨急救科這個比較特殊的科室例外。他們通常是將病人轉到其他科室，自己做手術的時候都是急症。

可今天不同，急救科沒有退路，趙依依沒有退路，如果要進行手術一般都要事先預約，當然醫院也有緊急備用手術室。

趙依依爲了確保有手術室供她使用，親自跑去交涉，趙燁則推著病人落在後面。

趙燁身後是菁菁與她的叔叔，本來跟這兩個人沒什麼關係，可他們卻一直跟在後面。趙燁此刻心中都是手術的事，並沒理會兩人。

手術的時間、人員安排都在手術室外公告板上寫得明明白白。剛剛走到手術室門外，趙燁一眼就看到手術室管理處的工作人員，正在對公告板做修改。

急救科顱內取血腫手術，主刀醫生趙依依，助手錢程，十四號手術室，時間上午九點三十分。

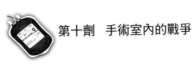

趙燁覺得趙依依真厲害，這麼快就搞定了手術室，可是當他看到第一助手不是自己時，他有些迷茫，趙燁一向對自己的技術很有信心，而趙依依則是少數知道趙燁手術技術的人，可她卻沒選擇趙燁。

這讓趙燁不敢相信，錢程這個名字很熟悉，趙燁想了半天終於想了起來，前幾個月趙燁帶領俞瑞敏等學生會的傢伙把他當實習生攔截過，俞瑞敏還很過分地侮辱了他。

至於錢程這位博士生的醫術趙燁也聽說過，雖然沒看過他手術，可趙燁覺得自己不會輸給他。

再向下一看，公告板下一行寫著腫瘤科顱內腫瘤摘除術，主刀醫生李中華，助手待定，十五號手術室，時間上午九點半。

兩個難度相當的手術，相同的時間在相鄰的手術室，很明顯的競爭意味，李中華是想用手術來回擊趙依依對他的挑戰。

李中華要一次將趙依依擊敗，向全院的人證明他的實力，這次李中華要用手術來證明，他才是當之無愧的長天大學附屬醫院第一術者。

「我要去手術了，恐怕不能陪你們了。」趙燁說。

「這不是觀摩手術麼?」菁菁的叔叔指著後面的幾個字說。

趙燁剛剛太關注前面的內容，忽視了觀摩教學手術幾個字，看來李中華是志在必得，所以才敢做這種通告。

「你們對手術也感興趣?如果感興趣可以去看看。」對手術感興趣的不只是醫生，很多普通人也有興趣，這不奇怪，可趙燁總覺得這男人隱藏著什麼。

菁菁在叔叔面前有些不敢面對趙燁，她叔叔也冷著面孔好像冰塊一樣。醫院對觀摩手術的人檢查並不是很嚴，趙燁隨便找了兩件白大褂：「你們倆穿上，菁菁你就說是實習醫生，叔叔你就說是進修醫生。」

長天大學附屬醫院是大型的教學型醫院，每年來進修與實習的人不計其數，醫院裏出現兩個假實習生跟進修醫生，在短時間內不會被人發現。

兩人點了點頭穿上了白大褂，跟在趙燁後面走進觀摩室。

這是趙燁第二次站在這個觀摩台上，他雙手扶著護欄，彎著腰靜靜地看著麻醉師準備手術，上一次他在這裏觀摩。然後他冒充教授進去做了一台手術，那時的他戰戰兢兢地走上手術台。很幸運他沒被發現，更幸運的是，那台手術成功了。

那時，他的技術還不成熟，現在則完全不同，此刻的他不需要冒充，他有實力站在手術台前，可是趙依依卻沒有選擇他作爲第一助手。

趙燁閉上眼睛，腦海中回想起曾經看過的錄影。開顱手術的錄影他看過很多，自己也研究過。長天大學醫學院的停屍房，幾乎每個屍體的頭顱都被趙燁蹂躪過。

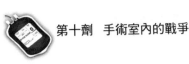

手術室內的戰爭還沒開始，兩位主刀醫生在手術室外已經摩擦出了火藥味。

趙依依在手術室外，滿懷心事地看著公告板，手心裏滿是汗水。自信的她第一次感到緊張，李中華的挑戰非常明顯。

如果她避戰，那麼她將失去所有的機會，唯一的希望就是勝利，手術不僅要成功，還要以最快的速度成功。

「趙主任，聽說你也手術啊，我在你隔壁手術，真是榮幸。上次你那台手術真是精彩，猶如一罈美酒讓人回味無窮啊，希望你今天也有很好的表現。」李中華挺著他的啤酒肚，笑呵呵地對趙依依說。

「李主任被稱爲長天大學附屬醫院二十年第一刀，今日再次出山，希望能有一台精彩的表演。」趙依依雖然緊張，但面對敵人卻沒有露出絲毫軟弱。

她明褒暗諷，李中華從醫早超過二十年了，特別強調他二十年內第一刀，實際上是在說他的時代已經過去了。

「哎，我老了，未來是年輕人的。對了，介紹一下我的助手，錢程，醫學博士。」李中華指著身後戴著眼鏡的男人說。

「錢程?好名字，前途似錦啊。」趙依依說完，頭也不回地離開了。這個錢程剛剛答應做趙依依的第一助手，甚至連他的名字都已經寫到了手術室的公告板上。

可轉眼間他又投靠了李中華，臉皮不可謂不厚，這種人僅僅用無恥兩個字都難以形容，這讓趙依依非常氣憤。

論技術，趙依依比不上李中華，所以她希望在助手上彌補，對於開顱手術，厲害的術者很多，可他們多半是主任級別的醫生，不會自降身分做助手，錢程不是主任醫生，是能做助手的醫生中最好的，可他卻被李中華拉走了。

手術還沒開始，趙依依就知道自己輸了。雖然手術無論高低，但兩台手術同時進行，明顯是特意安排的比賽。

難度相當的手術，誰用的時間少，誰就是贏家，時間差不多的情況下，誰做得好誰就是贏家，觀摩台上所有觀看手術的醫生都是評委。

即使是輸，即使會失敗，趙依依也不能退縮，她必須走上手術台做最後一搏。

觀摩台上醫生漸漸多了起來，趙燁想要離開了，觀摩台上不需要他，手術台才是他真正的舞台。

手術室門外，趙依依看到不知跑去哪裏的趙燁，又想起背叛自己的錢程，於是將怒火發洩到趙燁身上。

「你跑哪裏去了，難道不知道我在找你麼？」

趙燁掃視了一圈沒看到那個叫錢程的、年輕有爲的醫生，立刻明白了趙依依翻臉的原因。

「我是第一助手，當然在準備手術。」趙燁用拇指指著自己說。他笑得很自信，趙依依見過趙燁這種自信的笑容，是在兩人第一次同台手術時。

他沒有怨恨趙依依，甚至還在她最需要自己的時候來幫忙，因爲他知道，趙依依沒選自己當第一助手有她的原因。

「快點去洗手消毒，換無菌手術服，別以爲當第一助手有什麼了不起。」趙依依催促道。

「您別著急，李中華雖然號稱長天大學附屬醫院二十年來第一把刀，可我也是第一助手啊。名號裏都有個第一，半斤八兩，而且你比李中華的助手厲害多了，所以咱們這手術肯定比他做得好。」

趙依依被趙燁的話逗樂了，緊張害怕的感覺頓時減輕了不少。

「行了，別臭屁了，快點消毒！」

「主刀大人你先洗手消毒，我去做點準備工作，馬上回來。」不等趙依依回答，趙燁已經跑進了手術室。

九點二十五分。

觀摩台上變得躁動不安，觀摩台上的醫生多半是八卦愛好者，想要看看誰是贏家。少半是想學習技術的，想看看傳說中的長天大學附屬醫院二十年來第一刀有多神奇。

兩個相鄰的手術室，他們可以同時看到兩台手術，還可以進行比較。等待這場好戲的他們已經開始躁動不安，恨不得立刻看到精彩的表演。

可能是他們的祈禱發揮了作用，手術室的自動門打開了，是趙依依的十四號手術室，可進來的不是術者，而是臨時更換的第一助手，實習醫生趙燁。

「開玩笑，時間還沒到，他們作弊。」觀摩台的醫生說。

「就是，不是九點三十開始麼？趙依依這個狐狸精太狡猾了。」李中華的支持者說道。

「別擔心，你們看，這個傢伙好像是實習生，他能幹什麼，他拿筆幹什麼？」

趙燁走進手術，看都不看牆上的CT片子，逕自走到病人身邊，一隻手扶著他的頭，另一隻手在他頭上畫了幾筆。

「這實習醫生是傻子麼？看都不看CT就去術前定位？趙依依瘋了麼，讓他進手術室？」

「定位這麼重要的事情都交給實習醫生，難道她繳械投降了？」

術者應該無條件的信任第一助手，趙依依選擇了趙燁，那麼無論他是什麼身分都會相信他。

第一助手是主刀醫生最直接的幫手，無論趙依依如何，趙燁都會幫助她，並且會做得比那個錢程好很多。

趙燁要做長天大學附屬醫院的第一外科醫生，從他回來的那一刻，他就決定無論做什麼都要第一！

手術觀摩台上嘈雜聲一片，觀看手術的多半是醫生，內行人自然要討論一番。

當然也有安靜觀看的。菁菁就是這樣的人，因爲她看不懂，她不明白趙燁爲什麼要在病人的腦袋上畫畫，她又不敢問，因爲她是個假實習生。

她觀看趙燁手術，同趙燁觀看她彈鋼琴一樣，滿懷忐忑，對方的一舉一動都牽動她的心。

菁菁的叔叔，這個無論何時何地都正襟危坐的男人，如雕像一般坐在那裏，眼神銳利得如鷹一般。

「菁菁，這小傢伙很有意思，你跟他很熟悉麼？」

菁菁想了想說：「我們是同學，算是朋友吧。」

「如果你們學校的同學都是朋友，那你不是有幾萬個朋友？」

「我們……並不是很熟悉。」

菁菁有點兒害怕這個叔叔，雖然不是她的親叔叔。

「他叫趙煒是吧？」

「你怎麼知道？」

菁菁覺得今天叔叔有點奇怪，她怎麼也想不到叔叔是如何猜出趙煒名字的。

菁菁記得，她從有記憶起，就認得這個叫做林軒的叔叔，他們並沒有血緣關係，林軒是她父親的戰友，兩個人的交情不是用生死之交能概括的。

菁菁只知道每次父親跟林叔叔喝酒都不允許別人在場。

小時候她曾好奇地偷偷跑過去看過，她看見，能赤手空拳打倒十幾個流氓的父親竟然在哭，看到林叔叔也淚流滿面，完全沒有平時那種讓人敬畏的氣勢。

「見面時我偷看他胸牌了。」

「騙人！」

林軒笑而不答。

他改變出行計畫，轉而來長天大學，第一個目的是看看菁菁，這個跟親生女兒一樣的侄女，找她商量她出國學習的事；其次，就是來看看國內最好的醫生李傑推崇的天才，到底有多厲害。

手術台與觀摩台只有一層隔音玻璃，除非用力地敲打玻璃，否則裏面無論如何也聽不到外面的聲音。

可一直沒向上看的趙燁似乎知道觀摩台上的情況，他準備完後，竟然對著觀摩台擺了個勝利的Pose，然後又來了個飛吻。

「果然是李傑的弟子，連脾氣都一樣。哎，甚至在某些方面，青出於藍而勝於藍啊。」林軒被趙燁逗樂了，露出久違的微笑。

這樣的術前定位算不上作弊，特別是在短短五分鐘內就完成了定位，讓人們震驚在趙燁究竟是如何定的位。

九點三十分。

兩個手術室的自動門幾乎同時打開，趙依依、李中華同時走進手術室。雙方似乎約好了一般。

雙方的準備工作都沒做，所有的工作都要從頭開始。皮膚表面消毒，鋪無菌巾，貼無菌膜……

然而，在這之前要確定手術的部位，趙燁已經做完了，而且是短時間內準確定位。

「你怎麼確定的部位？」趙依依看了一眼CT片子，然後又看了看趙燁的定位。

「當然是用手畫出來的，你現在不進行下一步，我們就落後了，我猜隔壁已經切開頭皮了。」

趙依依猶豫了一下，還是不敢相信趙燁，跑去仔細研究CT片子，打算自己定位。

趙燁歎了口氣，開始給病人消毒。

十分鐘後，趙依依發現趙燁的定位非常準確，露出一副不敢相信的表情。

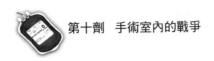

「你怎麼能這麼快確定開刀的部位？」

正常情況下，頭顱的損傷都隱藏在頭皮下，不能隨便開刀。想要開刀必須經過CT觀察，才能確定顱內損傷情況。趙依依不相信趙燁也是正常。畢竟她沒見過趙燁還有這樣的能力。

「作爲助手，我一向都很快很準確。我這個第一助手可不是單純的第一，我在長天大學附屬醫學院所有的助手中，我都是第一。好了，手術已經準備好了，快點開刀吧。」趙依依聽到趙燁的提醒才發現，術前所有的準備都做好了，只等開刀了。

「對不起，我開始選了錢程做助手，我希望你能理解我。」

趙燁低著頭沒有看趙依依，雙手沒有停止動作，緩緩地說道：「沒關係，我明白。我希望通過這次手術，我能得到你的承認，得到全院的承認。」

「我沒有不承認你的能力，我只是想，你犯了錯剛剛回來，如果現在就擔任第一助手也不適合。而且，我如果能讓錢程當我的助手，那麼李中華就沒有更好的助手了。起碼在助手這點上，我可以勝過他。」

助手並不是手術的決定性因素，趙依依這麼做，明顯是沒有信心挑戰李中華這個長天大學附屬醫院二十年來手術台前最強的外科醫生。

「現在，你的助手也比他的強很多。」趙燁淡淡地說道。

請續看《醫拯天下》之三　頂尖聖手

醫拯天下 之二 美女名醫

作者：趙奪
發行人：陳曉林
出版所：風雲時代出版股份有限公司
地址：105台北市民生東路五段178號7樓之3
風雲書網：http://www.eastbooks.com.tw
官方部落格：http://eastbooks.pixnet.net/blog
Facebook：http://www.facebook.com/h7560949
信箱：h7560949@ms15.hinet.net
郵撥帳號：12043291
服務專線：(02)27560949
傳真專線：(02)27653799
執行主編：劉宇青
美術編輯：吳宗潔

法律顧問：永然法律事務所 李永然律師
北辰著作權事務所 蕭雄淋律師

版權授權：蔡雷平
初版日期：2014年12月
初版二刷：2014年12月20日
ISBN：978-986-352-107-5

總經銷：成信文化事業股份有限公司
地　址：新北市新店區中正路四維巷二弄2號4樓
電　話：(02)2219-2080

行政院新聞局局版台業字第3595號 營利事業統一編號22759935

定價：280元　特惠價：199元

國家圖書館出版品預行編目資料

醫拯天下 / 趙奪著. -- 初版. -- 臺北市：風雲時代,
2014.11-冊；　公分

ISBN 978-986-352-107-5 (第2冊：平裝). --

857.7　　103020592